韓國의 漢詩 28

# 白湖 林悌 詩選

한국의 한시 28

# 백호 임제 시선

허경진 옮김

평민사

# 머리말

백호 임제는 평안도 도사로 부임하던 길에 황진이의 무덤에 들러 시조를 짓고 술을 따라 제사지냈다가 조정의 비판을 들을 정도로 풍류적인 시인이다. “청초 우거진 골에 자는다 누웠는다. 홍안은 어디 두고 백골만 묻혔나니, 잔 잡아 권할 이 없으니 그를 슬퍼하노라” 하는 이 시조는 송강 정철의 〈장진주사〉보다도 더 풍류적이다. 그래서 그를 “기생과 술 속에서 살았다”고 표현한 사람도 있다.

한편 그는 무인의 기개를 지닌 시인이기도 하다. 아버지 임진은 오도병마절도사를 지낸 무인이고, 외삼촌도 무인이었다. 아우 순(恂)도 절도사를 지냈고, 환(懽)은 임진왜란 때에 의병을 일으킨 장수였다. 백호 자신이 고산도 찰방을 거쳐 서도병마평사와 북도평사로 부임했으며, 평안도 도사를 지내다가 몇 년 뒤에 세상을 떠났다. 벼슬의 절반 이상을 북도 지방에서, 그것도 대부분 무인으로 보낸 셈이다. 칼과 말이 그의 시에 자주 나타나는 것도 무인다운 그의 기상 때문이다. 그런데도 폐병으로 고생하다가 젊은 나이에 세상을 떠나, 그의 시를 더 많이 볼 수 없게 된 것이 안타깝다.

그가 문과에 급제한 뒤 제주목사로 부임한 아버지를 뵈러 제주도로 떠나던 날은 바람이 몹시도 사나웠다. 그래서 뱃사공들도 “오늘은 날씨가 흐리고 사나우니, 배를 띄우기에 좋지 않다"고 주저하였다. 그러나 백호는 그러한 걱정에 아랑곳하지 않고 배를 띄우게 했다. 옆 배의 돛대 끝머리가 물결에 잠겼다가 드러날 정도로 파도가 거세, 배 안의 사람들이 모두 토하며 일어나지도 못하였다. 그런데 그는 "이 사람 우습구나, 사나이라고 담력을 지녔는지/ 생사가 열 번 바뀌는데도 누워서 시만 짓고 있네"라는 시를 읊었다. 그가 제주도로 가면서 꾸렸던 보따리 속에는 세 가지 물건밖에 없었다. 임금이 문과 급제자에게 내린 어사화(御賜花) 두 송이와 거문고 한 장에 칼 한 자루가 전부였다. 어사화는 문과 급제를 아버지께 아뢰는 물증이었을 테고, 거문고와 칼은 그가 평소에 분신처럼 여기며 늘 가지고 다니던 물건들이었다.

백호가 평소에 가까이 사귀던 벗들은 허봉과 삼당시인, 그리고 사명당을 비롯한 스님들이었다. 당나라 시인 두목처럼 자유분방하게 살았기에, 후세의 비평가들은 그를 '미친 두목(杜牧)'이라고 평하기도 하였다. 남원에서 삼당시인을 비롯한 전라도 시인들과 읊었던 시들은 곧 《용성수창집(龍城酬唱集)》으로 엮어져 문인들 사이에 회자되었고, 허봉·양사언·차천로 등과 함경도에서 읊었던 시들도 《가학루수창집(駕鶴樓酬唱集)》으로 엮어져 역시 회자되었다. 그는 늘 문단의 중심에 있었던 것이다.

《옥류산장시화》를 번역하면서 《임백호집》 밖에서 전해지던 백호의 시들을 읽다가 매력을 느껴 그의 시들을 번역하기 시작했는데, 〈행로난(行路難)〉 같은 시는 원고지의 색이 바랜 채로 서랍에 들어 있었다가 올해에야 겨우 100여 수의 번역을 끝냈는데, 마침 임형택 교수님의 《백호전집》이 간행되었다. 그래서 임 교수님이 편집한 《백호속집》 제1권을 살펴보고, 몇 수를 더 보완하였다. 몇 편에서는 임 교수님의 주석을 그대로 인용하고, 출전을 밝혔다. 덕분에 책이 더욱 실하게 되어 감사드린다.

《백호속집》에는 역자가 수집한 시 가운데 4수를 덧붙였다. 시화에 백호의 이름으로 전하는 시들이 있는데, 어느 시들은 김삿갓의 이름으로도 전해진다. 후세 사람들이 두 시인 사이에 닮은 점이 있다고 생각했기 때문에, 그 이름과 그 시들이 전설처럼 전해지게 된 것이다. 그 가운데서 비교적 확실한 시만 실었다.

그는 많은 시를 남겼지만, 자신은 그 시가 모두 전해지는 것을 원치 않았다. "당나라의 맹호연이나 두목 같은 시인이 당시에 일류라고 꼽혔지만, 전해지는 작품은 한두 권에 지나지 않는다. 후세에 만일 내 시를 좋아하는 자가 있어서 내 시들을 모아서 시집을 만든다면, 수백 수만 남겨도 충분할 것이다"고 하였다. 백호의 시가 좋아서 번역했지만, 과연 이 시선집이 그의 시세계를 얼마나 전달했는지 걱정이 된다.

— 1997년 가을

허경진

## 차례

오언근체

## 오언장률



## 오언장편

## 임백호집 제2권

### 칠언절구

임백호집 제3권

칠언절구

칠언근체

## 칠언고시



## 백호속집

부록

# 임백호집 제1권

백호가 세상을 떠나자 아우 임환이 작품을 모아서 백사 이항복에게 문집을 엮어 달라고 부탁하였다. 그러나 임환이 곧 세상을 떠나자, 백사는 그 서문을 따로 간직하였다. 뒷날 백호의 사촌아우 임서가 다시《임백호집》을 간행하려고 백사를 찾아갔는데, 백사는 그즈음에 광해군의 인목대비 폐모론을 반대하다가 북청 귀양길에 올랐다. 백사가 유배지에서 세상을 떠난 뒤에야 예전에 지었던 서문의 일부가 발견되어, 마침 함양군수로 나갔던 임서가 그 글을《임백호집》머리에 싣고 1621년에 4권 2책의 목판본으로 간행하였다.(임서는 1617년에 발문을 지었다.)

제1·2·3권에 시가 실렸는데, 오언과 칠언, 절구·근체(율시)·장률·장편 순으로 편집하였다.《임백호집》은 1759년에 영광군수로 나간 현손 임상원이 중간하였다.

白湖
林悌

# 오언절구

# 진감 스님에게
## 贈眞鑑

밤에 스님과 함께 숲에서 자노라니
겹구름이 베옷을 적시네
바위틈 사립문을 늦게야 열자
깃든 새가 그제사 놀라 날아오르네

夜伴林僧宿、　　　重雲濕草衣。
巖扉開晩日、　　　栖鳥始驚飛。

# 월출산 노래
## 月出山詞

서호 달밤에 학과 노닐고
구정봉[1] 구름 위에서 용을 탔네
밤이 깊자 쇠피리를[2] 불고
이른 아침 옥황님께 조회를 마치네

玩鶴西湖月、　騎龍九井雲。
夜深橫鐵笛、　朝罷玉宸君。

■

1) 월출산에서 가장 높은 봉우리이다. 꼭대기에 바위가 우뚝 솟았는데 높이가 두 길이나 되고, 곁에 구멍 하나가 있는데 사람 하나가 겨우 드나들 만하다. 그 구멍을 따라 꼭대기에 올라가면 20명쯤 앉을 만한 자리가 있다. 그 평평한 곳에 동이처럼 움푹 파여 물이 담겨진 곳이 9군데나 있으므로 구정봉이라고 부른다. 아무리 가물어도 그 물이 마르지 않는데, 용 아홉 마리가 그곳에 산다고 한다. -《신증 동국여지승람》 권35 〈영암군〉 산천조.
2) 무이산(武夷山) 은자 유겸도(劉兼道)가 쇠피리를 잘 불어, 구름을 뚫고 바윗돌을 쪼개는 듯하다. -주자 〈철적정시서(鐵笛亭詩序)〉

# 도잠 스님에게

## 贈潛師 道潛

나는 그대만 못하고
그대도 구름만은 못하네
구름은 무심하게 산 위에 떠있건만
스님과 속인은 둘다 바쁘기만 하네

我則不如君。　君則不如雲。
無心自出峀、　僧俗兩紛紛。

## 성이현과 헤어지며
### 留別成而顯

말 뱉으면 세상이 나더러 미치광이라 하고
입 다물면 세상이 바보라 하네
그래서 고개 저으며 떠나가지만
날 알아주는 이가 어찌 없으랴

出言世謂狂、　　　緘口世云癡。
所以掉頭去、　　　豈無知者知。

# 시냇물을 읊다
## 咏溪

시냇물 소리가 밤 들며 또렷해져
졸졸 베갯머리에 들려오네
고요하게 사는 사람이 잠결에 들으니
꿈 속에선 온 산에 비가 내리네

溪響夜來多、　蕭蕭枕邊到。
幽人和睡聞、　夢作千山雨。

# 자규를 읊다
## 咏子規

쫓겨난 임금이 파촉을 그리워해도
강남에서 원통하게 돌아가지 못하네
한마디 울음소리 숨 끊어질 듯
해당화 가지에는 달만 밝아라

帝子思巴國、　　江南怨未歸。
一聲啼欲斷、　　明月海棠枝。

■

* 자규를 소쩍새, 또는 접동새라고도 하는데, 촉(蜀)나라 망제(望帝)가 억울하게 죽은 뒤에 그의 넋이 두견새가 되었다고 한다. 단종이 수양대군에게 왕위를 빼앗기고 영월로 귀양가 있을 때, 밤마다 매죽루에 올라가 피리를 불게 하고, 〈자규사〉를 읊기도 했다.

# 말 못하고 헤어지다

## 無語別

열다섯 살 월땅 시냇가 처녀가
남 보기 부끄러워 말 못 하고 헤어졌네
돌아와선 겹문을 꼭꼭 걸어 잠그고
배꽃 비추는 달을 바라보며 눈물 흘리네

十五越溪女、　　羞人無語別。
歸來掩重門、　　泣向梨花月。

# 정융강
## 靜戎江

강물은 본래 물결이 없건만
강바람이 어찌 이렇게 사나운가
외로운 배는 기댈 곳도 없는데
안개 낀 숲엔 벌써 저녁노을이 비끼네

江水本無浪、　江風何太狂。
孤舟不可倚、　煙樹已斜陽。

■

* 평안도 순천군의 옛이름이 정융군인데, 정융진이라는 나루가 있다. 이 앞을 흐르는 강이 정융강인데, 묘향산맥과 낭림산맥에서 발원한 지류들이 개천군을 거쳐 순천군에 이르면 정융강이 되며, 강동군 고천면 열파리에서 다른 지류들과 만나 대동강이 된다.

눈을 무릅쓰고 임실현에 이르렀지만
고을 사람들이 다 길손을 받지 않았다
그래서 말만 먹이고 밤길을 달려 구기촌에
이르렀다

冒雪到任實縣縣內皆禁行旅乃抹馬乘夜到枸杞村

날 저문 눈길에 산 속 고을 머물려고 했지만
아전의 말씀이 너무 사나워라
집집마다 길손을 받지 않겠다기에
어두운 밤길을 또 혼자 가네

暮雪投山縣、　官人語甚獰。
家家禁行旅、　昏黑且孤征。

## 한 해가 다 가도록 말 타고 다니다 보니 허벅지 살이 다 빠졌다 그런데도 나그네 꿈은 여전히 변방 바깥에 있으므로 느낌이 있어 이 시를 지었다

窮年鞍馬髀肉已消而旅枕一夢尙在龍荒之外感而有作

1.

벼슬 맛이 초보다 시큼한데다
행색까지 스님처럼 담담하건만
웅대한 마음은 꿈속에 아직 남아서
철마 타고 빙하를 건너간다네

宦味酸於醋、　　行裝淡似僧。
雄心夢猶在、　　鐵馬渡河氷。

■

* 고산 찰방 때에 지었다. (원주)
  고산역은 본부(안변도호부) 남쪽 75리에 있으며, 찰방(종6품)이 있다. 본도에 속한 역이 13개가 있으니, 남산·삭안·화등·봉룡·철관·양기·통달·애수·화원·주천·봉대·평원·덕산역이다. -《신증 동국여지승람》 권49 〈안변도호부〉 역원조
  찰방은 조선시대에 각 도의 역참(驛站)을 관리하던 종6품 벼슬이다. 조선 초기에는 역승(驛丞, 종9품)과 정역찰방(程驛察訪)이 함께 설치되었는데, 정역찰방은 역승의 잘잘못을 규찰하거나, 주군수령(州郡守令)의 탐학과 민간의 고통을 살펴 엄히 다스렸다. 1457년에 전국의 역승을 다 없애고 찰방으로 대치했는데, 서리 출신의 역승들이 사사롭게 이익을 도모하거나 백성을 침해할 뿐만 아니라 역승의 관품이 높지 않아서 지나다니는 관리들이 폐를 끼쳤기 때문이다. 찰방이 너무 많은 역을 관

2.

흰 깃털 화살에 먼지가 꼈는데
꿈 속에 황룡부[1]로 건너가네
역마을 한 벼슬에 몸을 부치고
무릎 싸안고 앉아서 〈양보음〉[2]을 읊조리네

塵生白羽箭、　　　夢渡黃龍府。
郵亭寄一官、　　　抱膝吟梁甫。

■

리하기 힘들다고 해서 한때 역승을 다시 두기도 했지만, 1535년에 역승을 완전히 폐지하였다. 찰방은 역리(驛吏)를 포함한 역민의 관리, 역마의 보급, 사신의 접대 등을 총괄하는 역정(驛政)의 책임자일 뿐만 아니라, 북방 지역에서는 유사시에 합배(合排, 함경도·평안도 지방의 연안에 설치한 군사적 성격의 역마을)를 순행하면서 방어하는 임무도 수행하였다. 행정면에 있어서는 대간(臺諫)이나 정랑직(正郞職)에 있는 명망있는 문신을 차출하여 지방 주현에 파견하므로써 수령의 탐학과 민간의 질병까지도 자세히 살펴서 민생 안정에도 크게 기여하였다.

1) 발해의 옛땅에 있던 지명인데, 지금의 중국 길림성 농안현 일대이다.
2) 제갈량이 즐겨 부르던 노래인데, 양보는 태산 기슭의 산 이름이다.

# 김시극과 헤어지며 지어 주다
## 贈金時極別

비 때문에 하룻밤 같이 자고
아침에 비 개자 헤어지기 아쉽네
나그네를 붙드는 나의 마음이
앞강에 지나간 비만도 못해 부끄러워라

天雨夜連床、　天晴朝別苦。
慚吾挽客情、　不及前江雨。

■

* 시극의 이름은 응회(應會)이다. 기특한 선비로 세상에 이름났지만, 마침내 효(孝)를 다하다 죽었다. -《임백호집》 권3 〈김시극삽차청계운(金時極箑次青溪韻)〉 (원주)

## 용천을 떠나 비를 무릅쓰고 선천군에 가서 묵었다 가는 도중에 "빗속에 말을 채찍질하며 가는데 관문 밖이라 만나는 사람도 드물구나"라는 글귀를 읊고 운자(韻字)로 나눠 5언절구 10수를 지었다

### 發龍泉冒雨投宿宣川郡途中吟策馬雨中去逢人關外稀之句乃分韻成五言絶句十首

1.

내 마음을 알아주는 건 거문고[1] 하나뿐
세속에 맞출 재주가 없구나
아아! 밝은 조정에 태어난 몸이
언제나 말 안장에 앉아 나그네만 되다니

知心有短桐、　　應俗無長策。
嘆息休明人、　　常爲鞍馬客。

■

1) 원문의 단동(短桐)은 거문고를 뜻한다. 한나라 채옹이 불에 타다 남은 초미동(焦尾桐)으로 거문고를 만들었더니, 그 소리가 특이하였다고 한다.

2.

추풍 천리마를[2] 내 가졌으니
옥처럼 하얀 오랑캐 말일세
사방 국경에 먼지도 없이 고요하니
천금 값어치를 그 누가 알아주랴

我有追風騎、　　胡驄玉面馬。
塵沙靜四關、　　誰識千金價。

4.

시서의 관청에 종사하던 몸이
객지 먼 길로 고생하며 다니네
하늘 문을[3] 두드려서 갈 수만 있다면
산들바람 타고서 곧장 올라가고파라

從事詩書府、　　勞生客路中。
天關如可叩、　　直欲御泠風。

■

2) 후위(後魏) 하간왕(河間王) 침(琛)이 페르시아로 사신을 보내 천리마를 얻었는데, 그 이름을 추풍(追風)이라고 했다. -〈낙양가람기(洛陽伽藍記)〉 추풍(追風)이란 바람을 쫓아간다는 뜻이다.
3) 천관(天關)은 하늘의 문인 동시에 왕궁의 문을 가리키기도 한다.

6.

옛 도는 나날이 시들어 가니
날 알아줄 사람을[4] 어디서 만나랴
옷자락 털고 훌쩍 떠나서
구름과 소나무 사이 내 고향에서 살아야겠네

古道日蕭索、　　知音那可逢。
莫如拂衣去、　　舊壑巢雲松。

9.

하늘 끝 푸른 봉우리들 겹겹이 싸였는데
우리 아버님께서 저 너머 계시네[5]
걸음 걸음마다 고개 돌리니
그리워하다 못해 허리띠 느슨해지네

■

4) 백아(伯牙)가 거문고를 타는데, 높은 산에 뜻이 있으면 (그의 친구) 종자기(鍾子期)가 듣고서, "태산과 같이 높구나"라고 말하였다. 또 흐르는 물에 뜻이 있으면 종자기가 듣고서, "강물처럼 넓구나"라고 말하였다. 백아가 생각한 것을 종자기가 반드시 알아맞췄다. 종자기가 죽자, 백아가 "지음(知音)이 없다"면서 거문고의 줄을 끊었다. -《열자》〈탕문(湯問)〉편

5) 임제의 아버지가 당시 평안도에 관서절도사로 부임해 있었다.

天際亂峯晴、　　　吾親住其外。
行行首獨回、　　　相憶寬衣帶。

# 성불암에서 휴정 스님을 만나 이야기하다
## 成佛菴邀靜老話

산새 한 마리 울지 않는 곳에서
두 사람이 마주앉으니 한가로워라
티끌 세상 의관과 스님의 가사
두 세상으로 나눠서 보지 마소서

一鳥不鳴處、　　二人相對閑。
塵冠與法服、　　莫作兩般看。

■

* 휴정(休靜)은 한시대의 이름난 스님인데, 이때 묘향산에 머물러 있었다. (원주)

# 현민 스님의 시축에 쓰다

## 題玄敏軸

늙은 나무에 꽃도 잎도 없으니
스님께서는 생사를 초월하셨네
그림 펼치고 담담하게 들여다보니
깊은 밤에 강가 달빛만 더욱 밝아라

古樹無花葉、　　禪僧了死生。
披圖澹相對、　　江月夜深明。

# 법선 스님의 시축에 차운하다
## 次法禪軸

선(禪)의 이치란 본래 비고 빈 것이니
무엇을 가지고[1] 그대에게 설명해야 하나
깊은 산 속으로 스님 혼자 돌아가는데
옛길에 잔설이 남아 있구나

禪理本空空、　拈何向汝說。
山深僧獨歸、　古道留殘雪。

■

1) 문자나 말에 의하지 않고 마음에서 마음으로 전하는 것을 염화미소(拈華微笑), 또는 염화시중(拈華示衆)이라고 한다. 석가모니가 연꽃을 따서 제자들에게 어떤 뜻을 암시했는데, 아무도 그 뜻을 몰랐다. 가섭(迦葉) 혼자만 그 뜻을 알고 미소지었다고 한다.

# 오언근체

# 해우 스님에게

## 贈僧解牛

늦은 봄날 스님과 작별하노라니
푸른 산에 꽃이 져 쓸쓸하네
좋은 철이 시름 속에 다 가버려
꿈결에 담쟁이덩굴을 부여잡았네
방외[1]의 친구를 다시 찾아보니
옛모습이 하나도 변하지 않아
문 닫고 말없이 앉았노라니
높은 뜻이 구름처럼 한가로워라

殘春共師別、　花落碧峯寒。
節序愁中盡、　煙蘿夢裡攀。
重尋方外契、　不改舊時顔。
寂默閉門坐、　高懷雲與閑。

■

1) 세상 바깥이란 뜻인데, 체제를 벗어나 사는 사람들을 가리킨다. 여기선 스님을 뜻한다.

# 출새행
## 出塞行

열사는 무슨 일이든 이뤄서
정원후[1]에 반드시 봉해져야 하네
금과[2]를 들고 한나라 달을 하직한 뒤에
철마를 타고 변방을 향해 가네
살기가 사막에 떠다니고
음풍이 수루를 뒤흔드는데
허리에 둘러찬 흰 깃털 화살로
우현왕[3] 머리를 쏘아 떨구려 하네

烈士生何事、　　當封定遠侯。
金戈辭漢月、　　鐵馬向邊州。
殺氣浮寒磧、　　陰風動戍樓。
腰間白羽箭、　　射取右賢頭。

■
* 〈출새행〉은 변방에 출정하면서 부르는 노래인데, 같은 제목의 노래가 《악부》에 많이 실려 있다. 두보를 비롯한 많은 시인들이 〈출새행〉을 지었다.
1) 한나라 반초(班超)가 일찍이 서역 50여 나라를 정벌하고 정원후에 봉해졌다.
2) 금과는 쇠붙이로 만든 창이고, 철마는 쇠붙이로 무장한 말인데, 싸움터로 나가는 모습을 표현할 때에 많이 쓴 말이다.
3) 흉노의 귀족 가운데 좌현왕과 우현왕이 있었다.

# 중흥동으로 들어가며
## 入中興洞

마음이 고요하니 지경도 아울러 고요한데
바위가 아스라하게 하늘과 맞닿았네
높은 봉우리 너머에 구름이 비끼고
큰 강 서쪽에 해가 지네
온 골짜기 잎들이 나무에서 떨어지고
지팡이 짚은 사람 하나가 시내를 건너는데
바위 사이에 요초가 자라니
이곳이 바로 원공[1]의 집 아니던가

心靜境俱寂、　石危天與齊。
雲橫高峀外、　日落大江西。
萬壑葉辭樹、　一筇人渡溪。
巖間長瑤草、　莫是遠公棲。

■

* 백운봉(白雲峯)의 남쪽에 만경봉(萬景峯)이 있고 동쪽에 인수봉(仁壽峯)이 있는데 모두 높이가 백운봉과 비슷하다. 그중 인수봉은 더욱 깎은 듯이 가파르게 우뚝 솟아서 사람들이 기어오를 수 없고 바라보면 가장 빼어난 절경인데, 실로 오른쪽 두 봉우리와 나란히 우뚝하여 삼각산이라는 이름을 얻었다. 서쪽으로 떨어져 있는 것이 노적봉(露積峯)이고 봉우리의 아래가 중흥동(中興洞)인데 중흥사(中興寺)가 거기에 있다. -이익 《성호전집》 권53 〈삼각산 유람기[遊三角山記]〉

1) 진나라 고승 혜원(惠遠)이 여산 동림사에 있었는데, 사람들이 원공이라고 불렀다.

# 주운암에 이르다
## 到住雲菴

걸음걸음 들어갈수록 맑게 트여
티끌 세상의 발자국이 저절로 놀라네
범이 웅크린 듯 바위는 기이하고
소나무가 늙어 용이 되었네
눈길이라 말은 자주 거꾸러지고
숲이 깊어서 사람을 못 만나네
산 속에 숨은 절을 찾아나서서
지팡이 짚고 일천봉을 바라보네

步步却淸曠、　自驚塵世蹤。
巖奇或如虎、　松老盡成龍。
雪路馬頻蹶、　幽林人未逢。
行尋翠微寺、　柱杖望千峯。

■
* 암자는 속리산에 있다. 공이 약관의 나이에 대곡선생(大谷先生)에게 수업하기 위해 이 산에 들어가 글을 읽다가, 몇 해 만에 돌아왔다. (원주)

# 법주사에서 시를 얻다
## 法住寺有得

법주사 진여(眞如)[1]의 지경
스러지는 쇠북 소리 고요한 밤에
바람은 오층 전각에[2] 울리고
달은 만 년 가지를 비추네
잠깐 머문 나그네는 흥이 절로 나건만
살고 있는 중들은 오히려 알지 못해
말을 잊고 우두커니 홀로 섰으니
일이 많으면 시가 없어도 좋겠네

法寺眞如境、　殘鍾靜夜時。
風鳴五層殿、　月照萬年枝。
暫客自幽趣、　居僧猶未知。
忘言表獨立、　多事可除詩。

■

1) 진(眞)은 진실이고, 여(如)는 여상(如常)이다. 제법(諸法)의 체성(體性)이 허망을 여의고 진실하기 때문에 진(眞)이라 하고, 상주(常住)하여 불변(不變) 불개(不改)하기 때문에 여(如)라고 한다. 실체(實體)와 실성(實性)이 영원히 변하지 않음을 뜻하는 말이다.
2) 국보 제55호인 팔상전(捌相殿)을 가리키는데, 오층 목탑이다.

# 경흥부

## 慶興府

뚝 떨어진 변방 천연의 요새인데
뿔피리 소리 속에 군영이[1] 한가해라
찬바람이 사막에서 일어나고
사냥꾼의 불이 음산[2]을 비추네
미력이나마 나라에 바칠 수 있다면
돌아가지 못하는 것을 어찌 탄식하랴
반초[3]는 본시 무인이 아니건만
옥문관[4] 넘어가기를 소원했었네

絶塞臨天塹、　　轅門畫角閑。
寒風生古磧、　　獵火照陰山。
若得輸微力、　　何須嘆不還。
班超非壯士、　　願入玉門關。

■

1) 원래는 제왕이 지방을 순수할 때에 임시로 설치하는 문이었는데, 뒤에는 군영의 문을 가리키는 말로 썼다. 지방 관청의 문을 가리키기도 했다.
2) 북방 변경의 산을 가리키는 말이다.
3) 한나라 장군이었던 그는 원래 글공부를 했는데, "대장부가 다른 지략이 없으면 응당 부개자(傅介子) 장건(張騫)을 본받아 이역에서 공을 세워 제후에 봉해져야지, 어찌 붓과 벼루 사이에서만 오래 일하랴"면서 붓을 내던졌다.
4) 만리장성 서쪽 관문인데, 이곳을 나가면 서역(西域)이 된다.

# 이달의 시에 차운하다
## 次李達韻

무슨 일로 귀밑머리가 희어지나
인생이 떠나고 머무는 것은 덧없다오
관북 길을 가는 시름 견디기 어려워
역 남쪽 누각에 자주 오른다오
옥새[1]에는 편지도 끊어지고
금하[2]만 밤낮으로 흘러가는데
바다와 산에서 지은 그대의 시를 보니
절반은 봄날의 시름을 노래했구려

底事催華鬢、　人生有去留。
不堪關北路、　重上驛南樓。
玉塞音塵絶、　金河日夜流。
看君海嶠作、　一半是春愁。

■

1) 옥문관을 가리킨다.
2) 내몽고 지방의 강 이름인데, 지금은 대흑하(大黑河)라고 불린다. 임제가 지금 북쪽 변방에서 이 시를 지었기 때문에 중국 변방의 지명들을 끌어다 쓴 것이다.

# 북으로 정벌가는 절도사 정언신을 송별하며

## 送鄭節度彥信北征

시서에 능한 장수를 임금이 불러
대장의 병부[1]를 나눠 주었네
큰바람이 사막에 불어오고
살기가 변방 구름을 끼고 돌 테지
채색 화상이 기린각[2]에 걸릴 테니
일편단심으로 성군께 보답하소

■

* 정언신(1527-1591)의 자는 입부(立夫)이고, 호는 나암(懶庵)이다. 함경도 병마절도사로 나가 변방 백성들을 잘 다스리고, 녹둔도에 둔전(屯田)을 설치하여 군량을 풍족하게 비축하였다. 1582년에 니탕개가 북방에 쳐들어오자 다시 함경도 도순찰사에 임명되어, 이순신·신립·김시민·이억기 등의 명장들을 거느리고 적을 격퇴하였다. 1589년에 우의정이 되었지만, 정여립의 일파로 모함받아 갑산에 유배되었다가 그곳에서 죽었다.

1) 호(虎)는 무(武)를 나타내고, 죽(竹)은 대나무로 만든 병부를 가리킨다. 병부는 임금이 변방에 나가는 대장에게 군사 지휘와 동원을 위임하는 신표인데, 대나무를 반으로 쪼개어 임금과 대장이 한 쪽씩 나눠[分] 가졌다. 임금이 군사 동원령을 내릴 때에는 사신을 통해 이 병부를 보냈는데, 병부를 맞춰 보아 꼭 들어맞는 것이 부합(符合)이다.

2) 한나라 선제(宣帝) 감로 3년(B.C. 50)에 흉노 선우(單于)가 입조(入朝)하자, 선제가 공신들의 공을 기리기 위해 기린각에 화상을 그려 간직했는데, 모두 11명이었다. 그 이야기는《한서(漢書)》〈소무전(蘇武傳)〉에 실려 있는데, 장안의 주(注)에 의하면 "무제(武帝)가 기린을 잡았을 때에 이 전각을 세워 기린각이라고 이름지었다"고 한다.

어느 누가 불씨를 구해 주겠소[3)]
칼 한 자루로 종군하기가 소원일세

王命詩書將、　　元戎虎竹分。
雄豊吹大漠、　　殺氣擁邊雲。
彩筆圖麟閣、　　丹心報聖君。
誰人解乞火、　　一劍願從軍。

■

3) 어느 마을 며느리가 밤에 고기를 도둑맞았는데, 시어머니는 그가 훔쳤다고 생각해 화내며 내쫓았다. 며느리가 새벽에 떠나다가 친한 아낙네를 만났다. (중략) 그 마을 아낙네가 고기를 잃어 버린 집 사람에게 불쏘시개를 묶어 가지고 가서 불씨를 구하며 말했다. "어젯밤에 개가 고기를 물어왔는데, 서로 죽일 듯 싸우고 있습니다. 개들을 말려야 할 텐데, 불씨 좀 빌려 주십시오." (그제서야) 고기를 잃어 버린 집 사람들이 그 며느리를 쫓아가서 (돌아오라고) 불렀다. -《한서》〈괵통전〉
싸움을 말리거나 실정을 잘 파악한다는 뜻으로 쓰던 말인데, 여기에선 정언신에게 자기를 천거해 달라는 뜻으로 썼다. 그래서 다음 구절에서 종군하고 싶다는 뜻을 표현한 것이다.

# 길에서 비를 만나다
## 道中逢雨

산에 오르던 차림을 군복으로 갈아입고
걷고 걸어서 구름 속으로 들어갔네
은하수를 기울인 듯 비가 쏟아지자
천 봉우리가 씻겨져 연꽃 되었네
말굽 아래 흙먼지도 말끔하고
호대(虎臺)[1] 가에선 샘물소리가 메아리치는데
가까운 곳에 선방이 있는지
돌밭에 솔꽃가루가 가득해라

山裝換戎服、　　去去入雲煙。
一雨傾雲漢、　　千峯洗玉蓮。
塵淸馬蹄下、　　泉響虎臺邊。
定有禪居處、　　松花滿石田。

■
1) 묘향산 상원암의 서남쪽 맞은 편에서 상원암의 백호(白虎) 역할을 하는 인호대(引虎臺)를 말한다. '사람은 다닐 수 없고 호랑이만 이 길로 다닌다고 하여 이렇게 이름을 붙였다.'는 설이 있다.

# 배 안에서
## 舟中

우연히 기러기를 쫓아간다고
제향(帝鄕)[1]을 어찌 기약하랴
물이 차가워 가을 기운 다가오는데
하늘이 멀어 저녁노을은 더디네
이 세상 천 년의 일들이 모두
배 안의 한 판 바둑일세
오호(五湖)의 풍경이 정녕 좋기에
서글피 치이자[2]를 그리워하네

偶逐海鴻去、　帝鄕安可期。
水寒秋氣逼、　天遠夕陽遲。
世上千年事、　舟中一局棊。
五湖煙景好、　悄悵憶鴟夷。

■

1) 옥황상제가 있는 하늘나라, 즉 이상세계를 가리킨다.
2) 범려(范蠡)가 월왕(越王) 구천(句踐)을 도와 오나라를 멸망시킨 뒤에, 재상 인(印)을 풀어 놓고 미인 서시(西施)와 함께 오호로 떠났다. 그는 치이자라고 이름을 바꾼 뒤에 부자가 되어 마음 편하게 살았다.

# 산인 처영이 풍악을 두루 구경하고 휴정 스님을 찾아보겠다기에 시를 지어 먼 길에 선물하다

## 山人處英將歷遊楓岳尋休靜詩以贐行

산으로는 풍악이 으뜸이고
스님으로는 휴정이 무쌍이지
스님이 이제 먼 길을 찾아가니
방초 시절 만나도 못 돌아오겠네
설법하는 자리에선 돌도 끄덕일 테고[1]
바리를 씻을 땐 용도 내려오겠지[2]
이환[3]에게 부디 내 말 전해 주소
소식조차 끊어지게 하지 말라고

第一山楓岳、　無雙釋靜師。
上人今遠訪、　芳草未言歸。
石點談經處、　龍降洗鉢時。
慇懃說離幻、　消息莫相違。

■

1) 진(晉)나라 도생법사(道生法師)가 호구산에 들어가서 돌을 모아 놓고 〈열반경〉을 강하자, 돌들이 모두 머리를 끄덕였다고 한다.
2) 섭(涉)은 서역(西域) 사람인데, 부견(苻堅)시대에 장안에 들어와서 주문을 읽어 용을 내려오게 하였다. 그래서 날이 가물면 부견이 늘 그를 불러 비를 청했는데, 그럴 때마다 문득 용이 바리 속에 나타나고 큰 비가 내렸다. -《진서(晉書)》〈승섭전(僧涉傳)〉
3) 이환은 바로 공문(空門)의 친구 유정(惟政)인데, 호는 송운(松雲)이다. (원주)
사명당(四溟堂)의 자가 이환이다.

# 서울에 가는 청계와 작별하며
## 別青溪之京

이 봄날 그대를 보내고 나면
그윽한 회포를 그 누구와 풀랴
시절이 좋아 그대는 재미있겠건만
이 몸은 장부 아니라고 웃음을 사네
들배에 차 끓일 솥을 갖춘 데다
청계가 백호에서[1] 가깝건만
복사꽃 피고 봄물이 넘실거려도
달빛 타고서 날 찾아올 이가 누구 있으랴

春日送君去、　　幽懷誰與娛。
淸時還有味、　　此物笑非夫。
野艇兼茶竈、　　青溪近白湖。
桃花煙水濶、　　乘月訪吾無。

■

* (청계는) 양대박(梁大樸, 1544-1592)이다. (원주)
양대박의 자는 사진(士眞)이고, 호는 송암(松巖)·죽암(竹巖)·하곡(荷谷)·청계도인이다. 임진년 4월에 왜적이 쳐들어오자 아들 경우(敬遇)와 함께 집안 사람 50명을 이끌고 의병을 일으켜 공을 세웠다. 6월에 전주로 가서 의병 이천 명을 모집하다가 과로로 죽었는데, 1786년에 병조참의로, 1796년에 병조판서로 추증되었다. 그의 의병 활동을 기록한《양대사마실기(梁大司馬實記)》가 있으며, 문집《청계집》이 전한다.

1) 청계는 양대박의 고향인 남원의 지명이며, 백호는 임제의 외가인 곡성의 지명이다. 청계와 백호는 가까이 있다.

# 봉암을 찾아 유숙하다
## 尋鳳巖留宿

샘물이 맑아 산 가까운 게 느껴지는데
한 굽이 돌아서자 숲속으로 들어서네
절에 이르자 새로 흥이 나
스님을 만나 옛이야기를 하네
구름과 노을 한 쪽이 열리자
강과 바다가 두 눈에 들어와 차네
치이자[1]가 아득히 생각나니
공을 이룬 뒤에 낚싯배를 만들었었지

泉淸覺山近、　路轉入林幽。
到寺生新興、　逢僧說舊遊。
雲霞開一面、　江海滿雙眸。
緬想鴟夷子、　功成理釣舟。

■
1) 53면에 실린 〈배 안에서〉 주2에 설명되었다.

# 진제학 따님 만사
## 挽陳提學女

열다섯 해 인간 세상에 살았는데
서리 바람이 어린 난초를 꺾었네
어머니는 죽지 못해 원망하고
낭군과는 이승과 저승이 나뉘어졌네
옥갑[1]의 마름꽃은 먼지에 덮이고
주렴에는 둥근 달만 차가워라
꽃다운 넋이 삼진날[2] 제비가 되어
옛집 문지방 위로 날아오르소서

十五人間世、　霜風折弱蘭。
慈親未亡怨、　君子隔生歡。
玉匣菱花暗、　緗簾璧月寒。
春魂托社燕、　應傍舊門闌。

■

* 이즈음에 제학 벼슬을 지낸 진씨로는 진식(陳寔, 1519-1568)만이 확인된다. 그는 1547년(명종 2년) 알성문과에 병과로 급제한 뒤, 의주목사·동부승지·대사간·호조참의를 거쳐 부제학을 지내고 벼슬을 마쳤다. 일찍이 권신 김안로의 횡포에 맞서 그 일당을 탄핵하는 등 기개가 높았다.

1) 옥으로 장식한 상자인데, 여성의 화장품 상자이거나 노리개 상자이다.

2) 사일(社日)은 춘분과 추분에서 가장 가까운 앞뒤의 무일(戊日)이다. 입춘 뒤 다섯 번째 무일을 춘사일(春社日), 입추 뒤 다섯 번째 무일을 추사일(秋社日)이라 한다. 춘사일에는 땅귀신에게 곡식이 잘 자라기를 빌고, 추사일에는 곡식이 잘 거두어진 것을 감사하였다. 춘사일에 제비가 왔다가, 추사일에 제비가 돌아간다고 하였다.

## 섣달 보름날 법주사에서 사나사(舍那寺)를 거쳐 불사의암에 올랐는데 참으로 신선세계였다 그곳에 머무는 스님 정선(正禪)과 등불을 켜고 같이 잤다

臘之望自法住寺經舍那寺陟不思議庵眞仙區也與居僧正禪懸燈伴宿

비탈길에 지팡이를 자주 멈추었는데
얼음판이 아직도 녹지 않았네
낭떠러지 끝에 땅이 없는 듯하더니
암자가 아스라하게 하늘에 기대섰네
푸른 절벽에 소나무는 그림 같고
향대에 앉은 학은 부르면 올 듯싶어라
시를 읊으며 돌층계를 오르는데
해 지는 봉우리가 아득하기만 해라

逕仄休笻數、　　溪氷未解消。
崖窮若無地、　　庵逈倚層霄。
翠壁松如畫、　　香臺鶴可招。
微吟度風磴、　　日下亂山遙。

# 검수역 다락에서
## 劒水驛樓

어제 제안관[1)]을 지나
오늘은 검수루[2)]에 올랐네
어버이 계신 곳은 이제 만 리나 떨어져
돌아갈 생각이 여삼추[3)]일세
충효는 처음 마음 그대로인데
나그네 차림으로 언제나 멀리 노닐 뿐
석양이라 술잔을 재촉하다 보니
갈림길 앞두고 마음 아득해라

昨過齊安館、　今登劒水樓。
親庭已萬里、　歸計又三秋。
忠孝猶初服、　行裝祇遠遊。
夕陽催玉巵、　歧路政悠悠。

■

1) 황해도 황주목의 옛이름이 제안이다. 제안관은 아마도 황주의 객관 이름인 듯하다.
2) 검수역은 고을 동쪽 40리에 있다. 절령(岊嶺)의 역을 폐지하고, (그 역을) 이곳으로 옮겨 설치하였다. -《신증 동국여지승람》 권41 〈봉산군〉역원조
3) "일각여삼추(一刻如三秋)"의 준말인데, 한 시각이 마치 삼 년처럼 길다는 뜻이다.

# 월남사 옛터를 지나며

## 過月南寺遺址

이곳이 옛날 월남사[1]였건만
이제는 연기와 노을만 적막해라
산은 벌써 노을에 물드는데
물은 저절로 아침 저녁을 보내네
옛탑은 촌 담장에 기대어 섰고
낡은 빗돌은 들판에 다리로 놓였네
없을 무(無)자가 본시 보결[2]이니
흥망을 애써 물어야 무엇하랴

此昔月南寺、　　煙霞今寂寥。
山曾暎金碧、　　水自送昏朝。
古塔依村塢、　　殘碑作野橋。
一無元寶訣、　　興廢問何勞。

■

1) 월남사는 월출산 남쪽에 있다. 고려시대 스님 진각(眞覺)이 처음 세웠으며, 이규보가 지은 비문이 있다. -《신증 동국여지승람》 권37 〈강진현〉
현재 절터에 마을이 들어서서 월남리라고 하는데, 그 마을에 탑과 비신(碑身) 일부가 유물로 남아 있다.
2) 훌륭한 비결이다.

# 병든 학을 노래하여 요월당 주인 임호에게 드리다

## 詠病鶴呈邀月堂主林浩

머리 높이 쳐든 청전[1]의 학을
옛 성씨 임씨라서[2] 서로 아네
조롱 속의 날개는 서리에 꺾여지고
원한 맺힌 소리는 옥처럼 깨어지네
한밤중 달은 삼청세계[3]를 꿈꾸고
가을바람은 만 리를 생각하는데
신선을 만날 길 없어
푸른 바다에 구름만 깊어라

矯矯靑田物、　相知舊姓林。
霜摧籠裡翮、　玉裂怨時音。
夜月三淸夢、　秋風萬里心。
仙人不可見、　碧海暝雲深。

■

* 요월당은 '달을 맞는 집'이란 뜻이다.
1) 청전에 백학 한 쌍이 해마다 새끼를 낳았는데, 커지면 (어디론가) 문득 가버렸다. -《영가기(永嘉記)》
학을 청전옹(靑田翁)이라고도 하였다.
2) 송나라 문인 임포(林逋)가 매화를 심고 학을 기르기 좋아하여, 매처학자(梅妻鶴子)라는 말까지 생겼다. 이 시를 임호에게 지어 주기 때문에, 그의 이야기를 끌어온 것이다.
3) 도가에서 천상계와 인간계 이외에 설정한 제3의 선계(仙界)인데, 옥청(玉淸)·태청(太淸)·상청(上淸)이 있다.

# 아우 자중의 시에 차운하다
## 次舍弟子中韻

신선세계 근원을 끝까지 갈 수 없지만
지팡이 하나로 깊숙이 찾아드네
작은 골짜기엔 가을소리 퍼지고
높은 산 숲에는 어느덧 저녁 그늘 깔렸네
몹시 서늘하니 비라도 오려는지
새는 울기를 그치고 벌써 잠이 들었네
고요한 절집으로 돌아와
밤이 깊도록 앉아서 공(空)을 이야기하네

仙源不可極、　一杖試幽尋。
小壑偏秋響、　高林易夕陰。
凉多欲來雨、　啼罷已栖禽。
歸去禪扉靜、　談空坐夜深。

■

* (아우의) 이름은 환(懽, 1561-1608)인데, 시와 술로써 세상에 이름났다. 여러번 과거에 응시했지만 급제하지 못했다. 늦게야 고을 원으로 임명되었지만, 쉰도 못 되어 세상을 떠났다. (원주)
자중은 환의 자이고, 호는 습정(習靜)인데, 임제의 넷째 아우이다. 진사에 합격했고, 임진·정유 왜란에 의병을 일으켜 공을 세웠으며, 문화현감을 지냈다.

# 석굴 몇 간 속에 곡기를 끊은 스님이 있기에
## 石窟數間有絶粒僧

암자 스님의 거처가 조촐해
미풍에 저절로 깃발이 흩날리네
석탑을 떠난 적이 한 번도 없으니
어찌 금문[1]을 다시 꿈꾸랴
곡기를 끊으니 몸에 욕도 없어지고
근원으로 돌아와 도가 또한 높아졌네
안타까워라 약을 캐러 나가는 바람에
맑은 말씀을 들어보지 못하다니

洒洒巖僧住、　微風自動幡。
不曾離石榻、　那復夢金門。
絶食身無辱、　還源道亦尊。
仍悲采藥去、　未與接淸言。

■
1) 금마문(金馬門)의 준말인데, 금마문을 거쳐 옥당에 올라간다. 금문은 왕궁에 있는 관청이나 부귀 영화를 가리키는 말로 쓰인다.

## 기생의 죽음을 슬퍼하다
## 妓挽

고운 자태가 평양성에서도 빼어나
두 눈썹이 먼 산처럼 가늘었지
꽃이야 열매 맺을 인연이 없었다지만
옥 같은 허리가 어찌 여위어졌나
세상 일은 화장하던 거울에 남고
춤 추던 옷에는 먼지만 날리네
강버들에 제비는 돌아오건만
꽃다운 넋은 어디에 부쳤나

艶艶箕都秀、　雙蛾遠岫微。
不緣花結子、　那有玉銷圍。
世事餘粧鏡、　流塵暗舞衣。
春魂托何處、　江柳燕初歸。

# 쌍충묘를 지나며
## 過雙忠廟

오랑캐 군사들이 압록강을 건너
대낮에 싸우며 티끌을 날렸네
외진 변방이라 구원병도 오지를 않아
외로운 성이 풀려나지를 못했네
사내 대장부가 의리를 욕되게 하랴
열사가 죽음을 돌아가듯 여겼네
만고의 쌍충묘라서
말고삐 멈추고 저녁노을에 섰네

胡兵渡鴨水、　白日戰塵飛。
絶塞無來救、　孤城未解圍。
男兒義不辱、　烈士死如歸。
萬古雙忠廟、　征驂駐夕暉。

■

* (쌍충묘는) 철산에 있다. (원주)

이원정(李元禎): (고려시대에) 북쪽(몽고) 군사가 쳐들어오자 이 고을 사또였던 이원정이 굳게 지키며 힘을 다했지만, (화를) 면하지 못하게 되었다. 그래서 관창(官倉)을 불태운 뒤에, 처자를 거느리고 불 속에 (몸을) 던져 죽었다.

이희적(李希勣): 판관이었다. 북쪽 오랑캐의 군사가 성 아래에 이르러 다급하게 공격하자, 성 안에 양식이 떨어져 고수할 수 없게 되었다. 그래서 희적이 장정들을 거느리고 스스로 찔러 죽었다. -《신증 동국여지승람》 권53 〈철산군〉 명환조

선조 5년(1572년)에 쌍충사(雙忠祠)를 지었다.

# 산가
## 山家

이곳이 무릉도원 같아
순박한 풍속이 그대로 남아 있네
산밭은 관청 장부에 들어 있지 않고
띠집들이 저절로 마을을 이뤘네
소 먹이던 아이들이 밭둑에서 돌아오고
바구니 든 여인들이 채마밭에 있네
채소가 부드러워 고기보다 좋으니
어찌 자공처럼 자라를 탐내랴[1]

此地似桃源、　淳風無乃存。
山田不入籍、　茅舍自成村。
放犢兒歸壟、　提筐女在園。
園蔬軟勝肉、　孰與子公黿。

■

1) 초나라 사람이 큰 자라를 정나라 영공에게 바쳤는데, 자공의 식지(食指)가 문득 움지였다. 그러자 자공이 "지난날 내 손가락이 이렇게 되면 반드시 맛있는 것을 먹게 되었다"고 말했다. 그런데 영공이 그 자라를 대부들에게 나눠 먹이면서, 자공을 불러 놓고도 참여시키지는 않았다. 그러자 자공이 노하여, 그 솥에 손가락을 넣어 (자라를) 찍어 맛보고 나왔다. -《좌전(左傳)》
자기 분수를 모르고 헛된 것을 바라는 경우에 쓰는 말이다.

# 서장관 장운익을 송별하는 시
## 張書狀雲翼別章

천상의 사람 장공자가
준마를 타고 옥경[1)]으로 달려가네
외로운 배가 새 이별을 한스러워하고
차가운 달이 옛 장성을 비추네
폐병으로 술잔을 들기 어려운데다
정이 많아 시구도 이뤄지지 않네
강 속의 가을물이 맑기만 한데
술잔을 따라 그대를 전송하네

天上張公子、　乘驄路玉京。
孤舟新別恨、　寒月古長城。
肺病杯難進、　情多句未成。
江中秋水澹、　一酌送君行。

■

* 중국에 보내던 연행사(燕行使)는 정사(正使)·부사(副使)·서장관으로 구성되었다. 서장관은 정사나 부사보다 지위가 낮은 기록관이었지만, 행대어사(行臺御使)를 겸하였다. 일본에 보내는 통신사에도 서장관이 있었다. 장운익(1561-1599)의 자는 만리(萬里)이고, 호는 서촌(西村)이다. 1582년 문과에 급제해서, 벼슬이 형조판서에 이르렀다.

1) 옥황상제가 있다는 천상의 세계이다. 중국의 천자에게 사신으로 가기 때문에 이 말을 썼으며, 천상의 사람이라는 표현도 같은 뜻에서 썼다.

# 어떤 사람을 대신하여 짓다
## 代人作

저는 임에게 맡긴 몸이니
당신은 부디 나를 잊지 마세요
고운 마음은 바위처럼 변치 않고
이별의 한도 물과 함께 길이 흘러요
서리 맞은 국화가 더욱 곱고요
눈 속의 매화도 또한 향기로우니
꼭 알아주세요 옛날 예양자가
범중항씨를 위해서 죽지 않았다는 것을[1)]

賤妾自栖托、　　　願郎無我忘。
芳心石不轉、　　　離恨水俱長。
霜後菊猶艷、　　　雪邊梅亦香。
須知豫讓子、　　　不死范中行。

■

1) 예양은 중국 전국시대 인물인데, 처음에는 범중항씨를 섬겼다. 그러나 그가 자기를 알아주지 않자, 그를 버리고 지백(智伯)을 섬겼다. 지백이 조양자(趙襄子)에게 죽자, 그를 위해서 원수를 갚으려다 끝내 죽었다. 이 시에서는 물론 여자가 자기를 사랑하는 남자를 위해서 절개를 지킨다는 뜻으로 썼다.

# 차운하여 스님에게 지어 주다
## 次韻贈僧

옛친구와 천 리 멀리 떨어져
편지도 나날이 드물어 가네
절을 찾아 늘 혼자 가봐도
스님이 아니면 누굴 만나랴
시냇가 구름은 말발굽 아래 일어나고
산새는 사람 곁으로 날아오는데
애오라지 이 고요한 경지가 사랑스러워
숲속 집에 함께 깃들었네

故交各千里、　　書札日應稀。
尋寺每獨往、　　微師誰與歸。
溪雲傍馬起、　　山鳥近人飛。
聊此愛岑寂、　　共棲林下扉。

# 절제사 임형수가 남긴 시판
## 林節制亨秀留詩板

의기가 동쪽 하늘에 가득 찼기에
나는 임 절제사를 좋아하네
아쉽게도 세상에 늦게 태어나
술잔을 함께 못 나눠 한스러워라
영혼은 어느 곳에 떨어지셨나
푸른 바다는 아득히 하늘과 맞닿았네
남기신 구절에 감명을 받아
한밤중에 혼자서 읊어 보네

吾憐林節制、　　義氣滿天東。
生世嗟相後、　　淸尊恨未同。
英魂落何處、　　滄海杳連空。
感激留佳句、　　孤吟夜正中。

■

* (임형수의 시판에) "해가 지니 까마귀가 숲에 깃들고, 날씨가 추워지자 바다 수자리도 비었네[日落林鴉定, 天寒海戍空.]"라는 구절이 있기에, 느낌이 있어 화답하였다. (원주)

** 임형수(1514-1547)의 자는 사수(士遂)이고, 호는 금호(錦湖)이다.

## 파도소리가 밤낮으로 벼락쳐서 꿈자리도 또한 편치 못하기에

### 海濤之聲日夜雷吼魂夢亦不能安

밤낮 하루 온종일
파도소리가 내내 성을 흔드네
이곳 사람은 노상 들어 익숙하건만
나그네는 문득문득 놀라기만 하네
안석에 기대어 대낮에도 졸고
등불 돋운 채로 밤을 지새네
복암사 깊은 산골짝에서[1]
솔바람소리 듣던 것과 어느 쪽이 나으랴

日夜一百刻、　常常波撼城。
居人聞自慣、　客子意偏驚。
隱几眠淸晝、　挑燈坐五更。
何如伏巖寺、　幽壑聽松聲。

■

1) 복암사는 (나주) 금성산에 있는데, (내가) 일찍이 머물러 글을 읽던 곳이다. (원주)

# 허 순무사와 함께 수성 촌마을에서 술을 마셨는데 주인은 일찍이 미암(眉巖)의 적소에서 글을 배웠던 자였다

## 從許巡撫飮於輸城野村主人曾問字於眉巖謫所者也

강개한 어른 미암 선생이
어느 때 이 거친 땅으로 귀양오셨던가
시골 사람이 예의를 익혀
옛정으로 술자리를 베풀었네
북과 피리 소리가 가을 기운을 울리고
깃발엔 저녁노을이 물들었는데
수의 사또와[1] 함께 놀다 보니
독우[2]의 미친 짓이 절로 우스워라

慷慨眉巖老、　何時謫大荒。
鄕人習禮義、　舊意設杯觴。
鼓角鳴秋氣、　旌旗逈夕陽。
同遊繡衣吏、　自笑督郵狂。

■

* 허봉(許篈, 1551-1588)이 1578년에 함경도 순무사로 나갔다. 미암은 유희춘(柳希春, 1513-1577)의 호인데, 1547년에 양재역(良才驛) 벽서사건(壁書事件)으로 함경도 종성(수성)에 귀양갔었다. 허봉은 미암이 귀양가기 전에 글을 배웠던 제자이고, 이 주인은 미암이 유배온 뒤에 글을 배웠던 제자이다.

1) 직지사(直指使)가 수놓은 옷을 입었으므로 순무어사를 가리킨다.

2) 임제가 이때 고산도(高山道) 찰방으로 있었으므로 독우라고 하였다.

# 즉흥적으로 짓다

## 卽事

조계산[1] 골짜기에서 하루를 묵노라니
푸른 노을이 옷에 스며 차가워라
두견새가 울어 시름겨운데
봄이 지나며 목련꽃이 피네
고요히 앉아서 속세의 빚을 청산하노니
선문에서만 어찌 대가를 말하랴
사미승도 또한 일이 많아서
물을 길어다 새 차를 달이네

一宿曹溪洞、　　　芝裳冷碧霞。
愁邊杜宇鳥、　　　春後木蓮花。
靜坐元淸債、　　　禪門豈大家。
沙彌亦多事、　　　汲水煮新茶。

■
1) 전라도 승주군에 있는 산인데, 이 산에 송광사와 선암사가 있다.

# 기생 만사
## 妓挽

얼굴 아름다웠던 한창 시절에
부귀 공자를[1] 신랑으로 맞이했었지
옥술잔에 좋은 술 따라 마시며
연자루[2]에 올라 아쟁도 탔었지
푸르던 산은 어느덧 물결처럼 가버리고
붉은 연꽃이 가을 서리를 겪었지만
이 걸음으로 봉래도[3]에 돌아가면
예전에 노닐던 일을 계속하겠지

容顔昔全盛、　　夫壻富平侯。
玉斝羔兒酒、　　瑤箏燕子樓。
青山俄逝水、　　紅藕自經秋。
此去蓬萊島、　　還應繼舊遊。

■

1) 한나라 장안세(張安世)가 부평후에 봉해져 대대로 부귀를 누렸다. 이 시에선 권문세가를 뜻하는 말로 쓰였다.
2) 장상서(張尙書)가 반반(盼盼)이라는 기생을 위해서 지은 집인데, 장상서가 죽은 뒤에 반반이 이곳에서 수절하였다.
3) 삼신산의 하나인데 바다 가운데 있다.

# 오언장률

# 이 평사를 전송하다
## 送李評事

북방이라 오랑캐 길에 눈이 깔렸고
음산한 바람이 발해 끝에서 불어오네
원수의 아래에서 서기를 맡은 이는
한 시대에 날리는 미남아일세
칼집 속에는 별을 찌를 칼이[1] 들었고
주머니 속엔 귀신을 울릴 시가 들었네
변방의 모래가 금빛 갑옷에 덮이고
관산의 달이 붉은 깃발을 비출 테지
변방에서 행한 일이 두루 알려지면
운대의 그림이[2] 더디지 않으리라
머리털 굳게 치솟는 모습을 바라보니
멀리 떠나는 슬픔을 느끼지 못하겠네

■

* 허균이 지은《학산초담》에 이 시가 실렸는데, 제목을〈송이평사영(送李評事瑩)〉이라고 하였다.

1) 진(晉)나라 때 풍성 땅에 보검 두 자루가 묻혔는데, 북두칠성과 견우성 사이에 자색 기운이 내뻗었다. 마침 천문을 보던 뇌환(雷煥)이 그 빛을 보고 보검의 정기가 하늘에 통했다고 생각하여, 곧 풍성현령으로 가서 땅을 파고 보검 두 자루를 얻었다.

2) 운대는 한나라 궁전에 있었던 높은 대(臺)의 이름이다. 이곳에 광덕전(廣德殿)을 세우고, 명제(明帝)가 중흥 공신 28명의 초상화를 그려 놓았다.

朔雪龍荒道、　陰風渤海涯。
元戎掌書記、　一代美男兒。
匣有干星劍、　囊留泣鬼詩。
邊沙暗金甲、　關月照紅旗。
玉塞行應遍、　雲臺畫未遲。
相看竪壯髮、　不作遠遊悲。

# 오언장편

# 지호 스님에게 지어 주다
## 贈智浩

화택(火宅)[1]이 사람을 즐겨 희롱하니
스님의 마음이 자못 답답했네
쥐가 넝쿨 갉는 걸[2] 견디지 못해
젊은 시절에 고개 흔들며 집을 나왔네
연기 노을과 깊이 맹세했기에
높은 뜻을 구차하게 굽히지 않았네
바리때 하나에 물병 하나로
절간에서 나의 흥을 풀었네
강남에서 학과 주석지팡이[3]가 날고
서석산에 봉우리가 우뚝해라

■

1) 번뇌와 고통에 찬 속세를 불 타고 있는 집에 비유한 말이다. 《법화경》〈비유품〉의 "삼계(三界)에는 평안함이 없어서, 마치 불 타고 있는 집과도 같다. 많은 고통이 가득 차 있어 매우 두렵다. 항상 생로병사(生老病死)의 우환이 있다"는 구절에서 나온 말이다.
2) 어떤 사람이 벌판에서 코끼리를 만나 달아나다가 넝쿨을 붙잡고 우물에 몸을 숨겼는데, 우물 아래에는 독사가 혀를 날름거리고, 위에는 검은 쥐와 흰 쥐가 그 넝쿨을 갉고 있었다. 검은 쥐와 흰 쥐는 밤과 낮, 즉 사람에게 주어진 목숨을 가리킨다. 그런데 넝쿨에 달린 벌집에서 꿀물이 다섯 방울 떨어지자, 그 사람이 그것을 받아 먹고 달게 여겼다. 불가에서 인생을 비유한 설화이다.
3) 양(梁)나라 보지선사(寶誌禪師)와 백학도사(白鶴道士)가 서주(徐州)의 잠산(潛山)에서 제일 절승한 산록(山麓)을 차지하려 다투므로, 무제(武帝)가 그들로 하여금 자기 물건으로 그 땅에 먼저 표지(標識)를 하는 자

빈 섬돌에 숲 그림자 싸늘하고
옛길에 이끼 끼어 미끄럽네
풀로 엮은 장삼이 이미 낡은데다
양식도 벌써 떨어져 노을로 밥 지으니
찼다 더웠다 하는 저 물이
생도 없고 멸도 없는 것을 알겠구나
나그네가 찾아오자 문득 말이 없으니
무엇을 가지고 그대에게 설명하랴
그대와 함께 하늘 밖을 노닐며
유유히 황홀을 뛰어넘으리라
구름이 지나가자 산이 저절로 푸르러지고
바윗돌은 고요한데 시냇물이 시끄럽네
정이 깊어져 시를 지어 드리니
한 구절이 능히 살리고 죽이네
불이문[4]을 만약 찾지 못하면

■

에게 주겠다 하였다. 백학도사는 학을 날려 그 자리로 보내고, 보지선사는 주석 지팡이[錫杖]를 날려 보냈는데, 주석 지팡이가 도사의 학보다 먼저 도착하였다.

4) 불이법문(不二法門)이라고도 하는데, 유일하다는 뜻이다. 직접 도(道)에 들어가야지, 말로는 전할 수 없는 법문을 가리킨다.

삼생[5]의 꿈도 물거품일세
납(臘)[6]이 지나 삼십 일이 되면
모두 공(空)이라 급하기가 율령(律令)[7] 같네
규봉에 조사(祖師)가 있으니[8]
가고 또 가서 조사의 달을 찾아보게나

火宅娛戱人、 師心頗憫鬱。
不堪鼠咬藤、 青年掉頭出。
煙霞結盟深、 高情難苟屈。
一鉢兼一瓶、 巖扉我興發。
江南鶴誌飛、 瑞石峰巒屼
空堦樹影寒、 古逕苔紋滑。
衣草衲已殘、 飧霞糧久絶。
自知冷暖水、 殆將不生滅。

■

5) 불가에서 전생(과거)·금생(현재)·내세(미래)를 가리킨다.
6) 중이 수계(受戒)한 후 90일 안거(安居)하고 나면, 매 1년을 1랍이라고 한다.
7) 법률을 시행하는 것처럼 급하다는 뜻이다. 주문을 외울 때에 마지막으로 "급급여율령(急急如律令) 사바하"라고 한다.
8) 당나라 고승인 화엄오조(華嚴五祖) 종밀선사(宗密禪師)를 가리킨다. 그가 섬서성 규봉에 묻혔다.

客到却無言、　　拈何向汝說。
共爾天之遊、　　悠悠超慌惚。
雲歸山自靑、　　石靜溪空聒。
情深贈以詩、　　一句能生殺。
若迷不二門、　　三生夢泡沫。
臘後三十日、　　俱空急如律。
圭峰祖師居、　　去去尋祖月。

# 취중에 금성을 지나다
## 醉過錦城

나그네가 금성을 지나가며
술에 취해 도화마[1]를 탔네
우스워라 이 홍진 세상에
그 누가 나를 알아주랴
아득한 눈발 속에 다리를 건너자
거센 바람이 광야에서 일어나네
저문 숲에 까마귀떼 흩어지고
먼 공중에서 날쌘 수리가 내려오는데
용천검[2]이 허리에 달려 있어
싸늘한 빛이 만 길이나 솟아오르네

客過錦官城、　醉跨桃花馬。
自笑紅塵中、　誰爲知己者。
瞑雪渡河橋、　雄風生曠野。
晩樹群鴉散、　遙空快鶻下。
龍劍懸腰間、　萬丈寒光射。

■

1) 흰 털에 붉은 점이 박힌 말이다.
2) 북두칠성과 견우성 사이에 자색 기운이 내뻗은 것을 보고 뇌환(雷煥)이 풍성현령으로 가서 땅을 파 보검 두 자루를 얻었는데, 하나는 용천검(龍泉劍)이고, 다른 하나는 태아검(太阿劍)이다.

# 압구정
## 狎鷗亭

사람이 갈매기와 친한 것은
기심(機心)[1]이 없기 때문이건만
정자 이름을 '압구'라 붙였다 해서
과연 기심을 잊은 자였던가
지난 일은 모두 아득해졌는데
뜨락에 자란 풀이 앉을 만해라

■

* 상당부원군 한명회(1415-1487)가 두모포(豆毛浦) 남쪽 언덕에 정자를 지었는데, 명나라에 사신으로 갔을 때에 한림학사 예겸(倪謙)에게 이름을 지어 달라고 청했더니 '압구'라고 지어 주었다. -《신증 동국여지승람》 권6 〈광주부〉
'압구(狎鷗)'는 '갈매기와 친하다'는 뜻인데, 욕심없는 사람에게만 갈매기가 따른다고 한다. 그렇지만 한명회는 욕심이 많아서 그의 정자에 갈매기들이 찾아들지 않았으므로, '친할 압(狎)'자 대신에 '누를 압(押)'자를 써야 한다고 풍자한 사람도 있었다. 지금 정자는 없어지고 '압구정동'이라는 이름만 남아 있다.

1) 바닷가에 갈매기를 좋아하는 이가 살고 있었다. 매일 아침 바닷가에 나가서 갈매기들과 같이 놀았는데 놀러 오는 갈매기가 백 마리도 넘었다. 어느날 그의 아버지가 말했다.
"내 들으니 갈매기가 모두 너와 더불어 논다는구나. 네가 한 마리만 잡아 오너라. 내 그걸 갖고 장난하고 싶으니."
그 다음날 바닷가에 나가 보니 갈매기들은 하늘에서 맴돌 뿐 내려오지 않았다. -《열자》 〈황제〉편
남을 해치려는 마음이 바로 기심이다.

길이 청은옹[2]을 생각하노니
슬픔으로 눈물이 주먹에 가득해지네

人而可狎鷗、　　以其無機也。
狎鷗以名亭、　　果是忘機者。
往事俱悠悠、　　寒庭草可藉。
永懷淸隱翁、　　悲來淚盈把。

■

2) (김시습이) 서강(西江)을 지나다가 한명회의 별장을 보니, 그 현판에
청춘엔 종묘사직을 붙들었고
백발이 되어선 강호에 누웠노라.
靑春扶社稷,　　白首臥江湖.
라는 시 구절이 있었다. 그래서 선생이 드디어 부(扶)자를 위(危)자로 고치고, 와(臥)자를 오(汚)자로 고쳐 놓고 갔다. 뒤에 한명회 공이 그것을 보고 바로 없애 버렸다고 한다. -《매월당집》〈유적수보(遺蹟搜補)〉
김시습이 벽산청은(碧山淸隱)이라는 호를 썼다. 그가 고친 글자대로 번역하면, "청춘엔 종묘사직을 위태롭게 하고/ 백발이 되어선 강호를 더럽혔네"라는 풍자시가 된다.

# 오백장군동에 노닐다
## 遊五百將軍洞

옛날 한나라가 천하를 차지하자
전횡이 바다 섬으로 들어갔네
오백 영웅이 전횡을 따라가
굳센 기개가 푸른 하늘에 떨쳤네
한나라가 전횡을 불러 왕후로 삼았는데
전횡이 낙양 가던 길에서 자살했으니
바다 섬에 있던 오백 영웅이
이 소식을 듣고 어찌했으랴
영웅들의 마음이 함께 격렬해져
한번 죽음으로 지기(知己)에게 보답했네
그 정령이 한나라 땅에 있기 부끄러워
머리카락 흩날리며 동쪽으로 날아왔네

■

* 전횡은 제왕(齊王) 전영(田榮)의 아우인데, 제나라가 한신(韓信)에게 패망하자 전횡이 스스로 왕위에 올라 제나라를 회복시키려고 했다. 한나라가 천하를 통일하자, 전횡은 부하 500명을 거느리고 달아나 섬으로 들어갔다. 한나라 고조가 전횡을 불러 왕이나 제후에 봉하겠다고 하자, 전횡이 두 객(客)과 함께 낙양을 향해 떠났다. 그러나 낙양 30리 못 미쳐 자살했고, 두 객도 함께 죽었다. 그러자 섬에 남아 있던 500명 부하도 모두 자살했다. 뒷날 많은 시인들이 전횡을 노래하였다.
  황해에 전횡이 머물렀다는 섬들이 많다. 오백장군동은 제주도 한라산 서편 기슭에 있는데, 지금은 영실(靈室)이라고 불린다.

신선의 섬에 오자마자 돌로 변하여
바다 가운데 우뚝 섰으니
일편단심이 만고에 그대로
푸른 바다에 외로운 달로 떴네
나그네가 옛생각을 하자
영풍이 귀밑머리를 흩날리네
이제 한마디로 원혼을 위로하노니
한신과 팽월도 죽음을 당했다오[1)]

昔漢有天下、　　田横入海島。
相隨五百人、　　勁氣摩蒼旻。
漢欲王侯横、　　横死洛陽道。
客在海島中、　　聞之當若爲。
雄心共激烈、　　一死酬相知。
精靈耻漢土、　　被髮翩然東。
仙洲化爲石、　　屹立滄溟中。
萬古一片心、　　碧海孤輪月。

■

1) 한신과 팽월은 천하통일의 일등공신이었지만, 천하가 통일되고 한나라가 안정되자 고조는 그들에게 위협을 느껴 모두 숙청하였다.

客到起遐思、　英風吹鬢髮。
一語慰幽冤、　韓彭亦鈇鉞。

# 백록담 사슴 이야기

## 僧言夏夜則鹿就澗飮水近有山尺持弓矢伏澗邊見群鹿驟來數可千百中有一鹿魁然而色白背上有白髮翁騎著山尺驚怪不能犯但射殪落後一鹿少頃騎鹿者如有點檢群鹿之狀長嘯一聲因忽不見云云亦奇談也

신선의 산이 만 길이나 솟아
그림자가 푸른 바다에 잠겼네
이 산 속에 백발 노인이 있어
노을을 마시고 흰 사슴을 탔네
휘파람 두세 가락을 길게 뽑으니
천 봉우리에 저녁 들며 바다의 달이 떴네

仙山高萬仞、　影浸重溟碧。
中有鶴髮翁、　餐霞騎白鹿。
長嘯兩三聲、　海月千峰夕。

■

* 원제목이 길다. 〈스님이 말했다. "여름밤에 사슴이 시냇가에 와서 물을 마신다. 요즘 산척(山尺)이 활을 가지고 시냇가에 엎드려 엿보니, 사슴떼가 몰려왔는데 그 수가 천도 되고 백도 되었다. 그 가운데 한 마리가 가장 컸는데 흰색이었다. 그 사슴의 등 위에는 백발 노인이 타고 있었다. 산척이 놀랍고도 괴이하게 여겨 감히 범하지 못하고, 뒤에 처진 사슴 한 마리만 쏘아 잡았다. 얼마 뒤에 사슴을 탄 늙은이가 사슴떼를 점검하더니 휘파람을 길게 불고는 홀연히 사라졌다"고 한다. 이 또한 기이한 이야기이다.〉
산척은 산에서 사냥하거나 약재와 나물을 캐는 천인이다.

# 조보를 보니 장수 48명이 뽑혔다 인재의 많음이 전고를 통틀어 비할 데 없다
## 見朝報選將帥四十八人人材之盛前古無比

국운이 밝을 때에는
삼천 신하 심덕이 한결같았지[1]
해동 이 땅에도 그 바람이 일어
변방의 먼지 개고 풀도 푸르러졌네
그래도 위기를 잊을 수는 없어
장수를 뽑으라는 분부가 내렸네
조정의 의론이 거울처럼 공평하니
사사로운 은정이 어찌 용납되랴
가리고 가려서 인재를 뽑으니
마흔여덟 명이 물망에 올랐네
어떤 사람은 방어사로 추천되고
어떤 사람은 조방장으로 추천되어
역량에 따라 자리를 나누니
듣는 자마다 모두 탄복하네
옛날 한나라 운대의 초상화는
그 숫자가 스물여덟에 그쳤으니

■

1) 주나라 무왕이 말했다. "(은나라 임금) 수(受)는 신하가 억만이나 되지만 마음이 억만으로 갈렸는데, 나는 신하가 삼천밖에 안 되지만 오직 한마음이다." -《상서》〈태서(泰誓)〉상

온 천하를 들어도 이와 같아
동서고금에 비할 수가 없네
어진 장수는 쉽게 나지 않는데다
사람을 알아보기도 또한 쉽지는 않아라
정승이 사람을 잘 알아본다고 이름나
범 같은 장수들이 문하에 가득 찼는데
이번에 뽑힌 장수들이
반 넘게 그 문하에서 나왔다네
우리 집안의 아버지와 외삼촌도
알아주는 사람이 없어 불우했는데
다행히도 공론이 돌아 추대받고
그 이름이 여러 장수들과 함께 올랐네
이에 감격해 탄식하며
천리 밖에서 칼을 어루만지네
나는 서생이라 말 채찍을 못 잡지만[2)]
서관(西關) 일을 생각하면 주먹이 불끈 쥐어지네

■

2) 채찍을 들어 말을 몬다는 뜻인데, 힘써 앞으로 나아갈 때에 쓰는 말이다.

검각(劍閣) 같은 천연 요새가 있었어도
제갈공명이 세상을 떠나고 나자
등애(鄧艾) 같은 한낱 조무래기가
온 촉나라를 멸망시켰네[3]
안타깝게도 서해 들판이
검각의 잔도(棧道)와는 전혀 달라서
굳센 장수가 나라의 위령에 의지해
변방[4]의 정기를 끊어 버렸네
오랑캐 바람이 한관(漢關)에 불어오니
노래를 부르며 들어가지 못하네
변방에서 황금인(黃金印) 비껴 찬 자들이
무슨 공업을 세웠던가
쓸개가 조그만 사람들이라
평소에 적을 보면 겁부터 내네

■

3) 제갈공명이 살아 있을 때에는 위나라가 험준한 검각을 넘어오지 못했지만, 제갈공명이 죽고 나자 위나라가 촉한을 공격했다. 위나라 장수 등애가 독군(督軍)이 되어 700리 길을 쳐들어가, 성도에 입성해서 촉한의 후주(後主) 유선(劉禪)에게 항복받았다.
4) 원문의 유새(楡塞)는 변방을 가리킨다. 《한서》〈한안국전(韓安國傳)〉에 "돌을 쌓아 성을 만들고, 느릅나무를 심어 방책을 삼는다"고 하였다.

행군하면서 벌써 군율을 잃어
종종 낭패를 당했으니
제 머리는 보전했지만
무슨 얼굴로 임금님을 뵈오랴
이제부터는 서로 힘쓰고 격려해
만분지일이라도 임금과 나라에 보답해야지
청사 가운데 이름이 올라야지
천추에 이름 없이 보내지는 말아야 하네

國步屬休明、　　三千一心德。
風動海東隅、　　塵淸塞草綠。
然不可忘危、　　選將之旨下。
廟議若衡鑑、　　豈以私恩假。
揀出拔羣才、　　四十八人望。
或擬防禦使、　　或擬助防將。
科分各稱量、　　聞者皆嘆服。
昔漢雲臺畫、　　數止二十八。
擧天下尙爾、　　偏邦古無比。
良將未易出、　　知人亦未易。
首相號知人、　　盈門熊虎士。
今玆選將帥、　　太半出其手。

我家父與舅、　磊落無相識。
公論幸見推、　名忝諸公側。
感之欲嘆息、　撫劍心千里。
書生未著鞭、　扼腕西關事。
每念劍閣險、　當孔明新沒,
鄧艾一小竪、　猶能陷全蜀。
可惜西海坪、　非如劍門棧。
雄帥仗國靈、　楡塞旌旗斷。
胡風吹漢闗、　不見長歌入。
橫金騁塞上、　做得何功業。
只緣膽小人、　生平見敵怯。
行軍旣失律、　往往遭傾覆。
縱得保首領、　何顏覩天日。
從今相勉勵、　萬一酬君國。
莫遣青史中、　千秋空寂寞。

# 대곡 선생 만사
## 大谷先生挽

언덕 하나 골짜기 하나에
산은 높고 물은 흐르네
사람이 흰 구름과 함께 살더니
사람은 가고 흰 구름만 남았네
흰 구름이 때때로 하늘 끝까지 갔다가
날이 저물면 혼자 돌아와 바위 밑에서 자네
선생께서 한번 떠난 뒤 다시는 오지 않으니
휘장[1]에 먼지가 일고 산 속의 달이 하얗구나

一丘復一壑、　山高而水流。
人與白雲住、　人去白雲留。
白雲有時天際去、　日暮獨歸巖下宿。
斯人一去不再來、　蕙帳塵生山月白。

■

* 대곡(大谷)은 스승 성운(成運)의 호이다. 임제가 20세 되던 1568년에 학문에 뜻을 두고 속리산에 들어가 성운에게 수학하였다. 이후 몇 년간 속리산 주운암(住雲菴)에서 독서하였다.

1) 원문의 혜장(蕙帳)은 휘장을 아름답게 표현한 말인데, 은자가 세상을 떠났을 때에 이 표현을 많이 썼다.

# 기사

## 記事

사월 보름날
아침에 아우와 헤어졌네
해가 지면 길 걷기가 걱정되고
날 저물면 묵을 곳을 염려했네
밤 깊도록 혼자서 앉았노라니
삼경이라 창 밖에 달이 떠오르네

四月十五日、　　朝與舍弟別。
落日愁行邁、　　昏暝念投宿。
孤懷坐夜深、　　窓外三更月。

# 여인을 대신해 짓다
## 代人作

거문고가 있어도 탈 수가 없네
괴로운 곡조 들으면 슬퍼질 테니
술이 있어도 마시질 못하네
취하면 이별이 더 슬퍼질 테니
만단 시름이 맺혀서 풀리지 않으니
마음이 봄날의 누에고치 같네
사내들은 먼 길 떠나길 가볍게 여기니
이 몸은 장차 어찌해야 하나
서글피 저 강가에 나가
버드나무 가지를 꺾어 보네
이별의 사연이 천만 겹이지만
모두 한마디로 '장상사(長相思)'일세
유연(幽燕)[1]은 우리 고장이 아닌데
그대는 무엇하러 가셨나
다리에는 날 저물어 비가 내리는데
하염없이 섰자니 눈물만 흐르네
산 위의 돌이나 되어
날마다 임 오시나 바라봤으면 좋겠네

■

1) 중국 하북성의 옛이름인데, 변방을 가리킨다.

하늘 위의 달이 되어서
곳곳마다 임의 옷을 비췄으면 좋겠네
그래도 끝끝내 보지 못하니
편옥[2]으로 시름을 녹이네
연약한 몸이건만 살아 있으면
강가에 눈 오는 날 기다리리라

有琴不可彈、 苦調聞易悲。
有酒不可飮、 醉別增凄其。
萬般結不解、 心如春繭絲。
男兒輕遠別、 賤妾將何爲。
凄凄出江郭、 手折楊柳枝。
離辭千萬重、 摠是長相思。
幽燕非故里、 夫子去何之。
河橋日暮雨、 佇立淸淚滋。
願爲山上石、 日日望君歸。
願爲天邊月、 處處照君衣。
終然獨不見、 片玉銷愁圍。
蕙質若可保、 期之江雪飛。

■
2) 값진 보배인데, 귀중한 몸을 가리키기도 한다.

# 배를 타고 가면서

## 舟行

산꽃은 나를 보고 웃고
물새는 나 들으라고 노랠 부르네
마름 향기가 그치지 않고 불어오고
지는 해가 푸른 물결을 비추네
외로운 돛단배가 별포를 지나가는데
강과 하늘이 저물어 피리소리만 들리네
바뀌는 병풍 그림을 앉아서 보느라고
배가 얼마나 흘러갔는지도 알지 못했네
누암에서 한강 어구까지[1)]
물길 삼백 리
물새들 우는 소리가 벌써 들리니
어느덧 내 갈 길이 벌써 다 왔구나
학을 탄 사람이 도리어 우스워라
날고 또 날며 그칠 줄을 모르니

■

1) 누암은 남한강 상류인 충주의 마을이고, 한강 어구는 지금의 한남동 서빙고 일대이다. 한양에는 광나루(광진), 삼밭나루(삼전도), 서빙고나루(서빙고진), 동재기나루(동작진), 노들나루(노량진), 한강나루(한강도), 삼개나루(마포진), 서강나루(서강진), 양화나루(양화진) 등의 나루가 설치되었는데, 이 가운데 한강나루가 가장 중요하였다. 이 나루들을 거쳐 서해로 들어가는 조강(祖江)까지를 통틀어 한강이라 불렀지만, 특히 남산의 남쪽 기슭인 지금의 한남동 앞의 강을 한강이라고 하였다.

山花向我笑、　　沙鳥爲我歌。
蘋香吹不斷、　　落日明綠波。
孤帆過別浦、　　一笛江天晩。
坐看畵屛轉、　　不覺舟近遠。
樓巖至漢口、　　水驛三百里。
乍聞鵝鸛鳴、　　我行忽已至。
翻笑鶴上人、　　飛飛未能止。

# 회계로 부치다

## 寄會溪

그립고 또 그리워라
세상에서 날 알아주는 벗과 헤어졌구나
봄꽃은 벌써 다 떨어졌으니
방초는 언제 시들려나
그대는 이제 산 속의 사람이 되었으니
바위틈의 지초도 캘 테고
푸른 시냇물 굽이에 노닐다가
계수나무 가지도 부여잡겠지
나는 무슨 이유로
풍진 속에서 평소 기약을 어기고 사나
푸른 노을은 홀로 그윽한 꿈을 꾸는데
흰 머리에 단결(丹訣)[1]은 아득하기만 해라
편지를 소선(小仙) 편에 부쳐
담쟁이덩굴 사이 달빛에 멀리 보내네

■

* 기행(奇奇行)(이 가는) 편에 부치다. (원주)

** 임형택 교수는《동야패설(東野稗說)》의 기록을 들어서, 회계가 정지승(鄭之升)이 은거해 있던 곳이라고 추정했다. "시인 정지승이 일생 동안 산수를 사랑하여 가족을 데리고 용담(진안) 회계곡(會稽谷)에 은거하고, 자호를 회계산인이라고 했다. 시냇가 경치 좋은 곳에 정사를 짓고 살았는데, 그 이름을 총계당(叢桂堂)이라고 했다"고 한다.

1) 도가 용어인데, 연단(鍊丹)하는 비결이다.

相思復相思、　世間知己別。
春花落已盡、　芳草何時歇。
念爾山中人、　采采巖上芝。
流憩碧磵曲、　攀援桂樹枝。
而我亦何故、　風塵違素期。
青霞獨幽夢、　皓首迷丹訣。
緘書付小仙、　遠寄綠蘿月。

# 죽은 딸을 제사하면서

## 亡女奠詞

네 용모가 남보다 빼어나고
네 덕성은 하늘에서 타고났지
부모 슬하에서 열다섯살
시집 가서 이제 육 년 되었지
어버이 섬긴 일이야 내 아는 바고
시부모도 잘 모셔 칭찬들었지
하늘이여 귀신이여
내 딸이 무슨 허물 있던가
한번 병들어 옥이 깨졌으니
이런 일이 또 어디 있으랴
아비도 병들어 가보지 못하고
울부짖고 통곡하니 기가 막히네
너는 이제 저승으로 가버렸으니
너를 만날 인연이 없어졌구나
네 어미는 지금 서울에 가서
너희 외할머니 앞에 있단다
네 죽음을 알게 한다면
약한 몸을 보전하기 어려우리라

부음을 듣고 나흘 지나서
금수[1] 가에다 망전(望奠)[2]을 차린다
술과 과일을 조촐하게 차려 놓고
샘물을 떠다가 사발에 부었다
어미는 멀리 있어도 아비가 여기 있으니
혼이여! 이리로 오거라
샘물로 네 신열을 씻어내고
술과 과일로 네 목을 축이거라
울음을 그쳤다가 또 통곡하니
네 죽음이 너무나 가엾구나
가을 하늘이 구만 리 아득해
이 한이 끝까지 이어지누나

■

* 임제의 큰딸이 김극녕(金克寧)에게 출가했다가 일찍 죽었다.

1) 영산강의 다른 이름이다.

2) 전(奠)은 술과 과일을 차려 놓고 제사를 지내는 것인데, 신위 앞에 갈 수 없을 때에 멀리서 제를 드리는 것이 망전(望奠)이다.

爾貌秀於人、　　爾德出於天。
膝下十五歲、　　于歸今六年。
事親我所知、　　事姑姑曰賢。
天乎鬼神乎、　　此女何咎愆。
一病遽玉折、　　玆事豈其然。
我病不能去、　　呼慟氣欲塡。
爾今入長夜、　　見爾知無緣。
爾母在漢北、　　爾外祖母前。
若使聞爾死、　　殘命恐難全。
聞訃第四日、　　望奠錦水邊。
薄以酒果設、　　滿盂汲新泉。
母遠父在此、　　魂兮歸來焉。
泉以濯爾熱、　　酒果沃爾咽。
哭罷一長慟、　　爾死重可憐。
秋空莽九萬、　　此恨終綿綿。

## 정월 이십육일은 바로 막내아우 탁의 생일이다 탁이 지금 아버님 슬하에 있어 서로 보고 슬픈 생각이 나서 짓는다

### 正月二十六日乃季弟恎初度日也恎方在嚴親膝下相看愴懷而作

부인들이 어린 자식을 사랑하게 마련이지만
우리 어머님은 너를 더욱 사랑하셨지
네 나이 여섯살 되던 해에
애달프게도 어머님을 잃었었지
땅속에 묻히신 지 벌써 칠 년
네 형의 과거급제도 어머님은 모르시겠지
정월 스무엿새
바로 네가 태어난 날인데
어머님의 수고를[1] 생각해 보니
은혜를 갚으려 해도 끝이 없구나

■

* 임제가 29세에 문과에 급제하고 승문원 정자(정9품)에 임명되었다가, 제주목사로 부임한 아버지를 뵙기 위해 말미를 얻어 11월에 제주도로 갔다. 30세 되던 이듬해에 이 시를 지었는데, 이때 지은 기행문 〈남명소승(南溟小乘)〉에 이 사실이 실려 있다.

1) 커다랗게 자란 저게 새발쑥인가
새발쑥이 아니라 다북쑥이네.
슬프고 슬프구나 부모님께서
나를 낳아 기르시느라 고생하셨네.
蓼蓼者莪, 匪莪伊蒿.
哀哀父母, 生我劬勞. -《시경》〈육아(蓼莪)〉

어머님이 지금 살아 계셔도
춘추가 이제 겨우 쉰이실 텐데
네가 능히 경사(經史)를 읽게 되었으니
새벽에 너를 바라보며 눈물이 나네

婦人愛少子、　　慈母偏憐爾。
汝年六歲時、　　哀哀失所恃。
丘壟七秋霜、　　兄科母不識。
正月二十六、　　乃汝初度日。
却念母劬勞、　　欲報恩罔極。
母今若生存、　　行年纔五十。
汝能讀經史、　　淸晨對汝泣。

## 평양기생을 대신해서 왕손에게 지어 주다
## 代箕城娼贈王孫

꽃은 지기 쉽고
달은 찼다가 기울지요
꽃과 달을 가지고
내 마음과 비교하지 마세요
낭군의 정이 도리어 대동강 물 같아서
꽃 피어 향기로운데도 잠시 머물질 않으시네

花易落、　　　　月盈虧。
莫將花月意、　　枉比妾心期。
郎君還似浿江水、　不爲芳華住少時。

■
* (이 시는) 3·5·7언이다. (원주)

# 원문에서 잠이 깨어 우연히 짓다
## 轅門睡罷偶成

세상에 어리석고
천하에 못난 자
키는 7척도 못되고
활솜씨도 미늘[1] 한 장 못 뚫는데
마음은 호쾌해서 천만 군사를 압도하고
푸른 바다 달밤에 크게 웃으며 노래하네

世間癡、　　　　天下拙。
身不滿七尺、　　射不穿一札。
壯心直壓千熊羆、　大笑高歌靑海月。

■
* (이 시는) 3·5·7언이다. (원주)
1) 갑옷의 미늘을 가리킨다.

# 임백호집 제2권

白湖
林悌

# 칠언절구

## 헤어지며 지어 주다

### 贈別

천 리 길 떠나며 다락에 함께 오르자
넓은 바다에 달이 밝아 가을밤 같아라
가야금 줄에 실린 분명한 이야기가
강남의 끝없는 시름을 풀어 전하네

千里襟期共倚樓。　　月臨滄海夜如秋。
伽倻絃上分明語、　　解道江南無限愁。

# 압촌에서 묵다

## 宿鴨村

객창에 밤새도록 어머니[1]를 생각하다가
날이 활짝 개자 낮잠을 잤네
고즈넉한 마을 골목에 사람은 오지 않고
대울타리 가녘에 석류꽃만 피었네

客窓終夜憶寒泉。　更値新晴祗晝眠。
村巷寥寥人不到、　石榴花發竹籬邊。

■

1) 차가운 샘물이
준읍 아래로 흐르네.
아들이 일곱이나 있건만
어머님은 고생만 하셨네.
爰有寒泉,　在浚之下.
有子七人,　母氏勞苦. -《시경》〈개풍(凱風)〉
이 시에서는 한천(寒泉)이라는 말을 써서 어머니를 생각하는 마음을 표현하였다.

# 계묵 스님에게

## 贈戒默

청산은 예나 이제나 말이 없으니
선승이라 말조심하라는 뜻을 체득하였네
차 마시고 향도 사그라져 사방이 고즈넉한데
가랑비 내리는 숲속에서 새소리만 들리네

青山不語古猶今。　　體得禪僧戒默心。
茶罷香殘坐寂寂、　　一林微雨聽幽禽。

# 흥겨워 짓다

## 遣興

남쪽 변방의 한 장사가 칼에 먼지 낄 정도로
〈음부경〉[1]을 읽으며 삼십 년 세월을 보냈네
부들자리에 누워 자다가 일어나면 술 찾으니
시골 스님은 평범한 사내라고만 여겼네

南邊壯士劍生塵。　　手閱陰符三十春。
臥睡蒲團起索酒、　　野僧只道尋常人。

중도 아니고 속인도 아닌 소치[2]라는 사내는
거문고 한 장 칼 한 자루가 살림살이 전부라네
이따금 북으로 가서 처자식도 만나보지만
강남에 돌아와선 중의 집에 덧붙어 사네

非僧非俗嘯癡漢、　　一琴一劍爲生涯。
有時北去問妻子、　　來寄江南禪老家。

■

1) 전국시대 소진(蘇秦)의 스승 귀곡자(鬼谷子)가 주(註)를 낸 병법서이다.
2) 임제의 또 다른 호이다.

# 한명회의 무덤을 지나며

## 過韓明澮墓 幷序

한명회는 세조 때의 원로 공신인데, 포의(布衣)에서 떨치고 일어나 상당부원군에 봉해졌다. 지금 그의 무덤이 청주 서쪽 60리 밖에 있는데, 이곳을 지나다가 감회가 있어서 짓는다.

남아가 죽고 사는 것은 의리에 달렸으니
정도인지 권도인지는 성인만이 아시네
"죄 있는 자 벌했다"고 강태공이 말했으니[1]
그대의 공업은 어떻게 평가되려나

男兒生死義之歸。 事或權經聖者知。
伐罪有辭周尙父、 如君功業定何其。

■

1) 강태공(姜太公)의 이름이 여상(呂尙)이었는데, 주나라 무왕이 즉위하자 그를 사(師)로 삼고 사상보(師尙父)라고 높여 불렀다. 그가 은나라 주왕(紂王)을 치면서, "은나라는 큰 죄가 있으니 치지 않을 수가 없다"고 하였다.

# 청원촌 주막에서 자다가 닭 울음 소리를 듣고 새벽에 일어나다
## 宿淸原村店曉起聞鷄

주막집 새벽 서릿발에 달빛 밝은데
이불 껴안고 홀로 앉아 닭 울음 소리를 듣네[1)]
발로 차서 일으킬 사람도 없는데다[2)] 때조차 못 만나
칼집 속의 청룡도가 혼자 속으로 우네

旅店殘宵霜月明。　擁衾孤坐聽鷄聲。
無人可蹴時難會、　匣裡龍刀暗自鳴。

■

1) 진(晉)나라 때 조적(祖逖)이 유곤(劉琨)과 한 이불을 덮고 잠을 자다가 밤중에 닭 우는 소리를 듣고, 유곤을 발로 차며 일어나 춤을 추었다. 밤중에 닭이 울면 세상이 어지러워진다고 해서 좋지 않게 여겼는데, 그는 오히려 일할 시기가 왔다고 좋아한 것이다.
2) 뜻을 같이할 자가 없다는 뜻이다.

# 밤

## 記夜

천산이 고즈넉이 선방을 에워쌌는데
소나무 아래로 걸어나가 푸른 안개를 쓸었네
하늘엔 밝은 달빛이 소매엔 바람이 가득해
거문고를 타고 나자 더욱 흥겨워라

千山寂寂繞禪龕。　步出松壇掃翠嵐。
明月滿天風滿袖、　玉琴彈罷興方酣。

# 낙엽

## 落葉

옥병풍 둘러싸인 부자집 안에선
아름다운 아가씨 아직도 엷은 깁옷 입었건만
가을바람은 사심이 없다고 그 누가 말했던가
산 집 문 앞에 이르자 낙엽이 우수수 떨어지네

夜玉屛深富貴家。　美人猶自著輕羅。
秋風莫道無私意、　纔到山門落葉多。

# 이달의 시에 차운하다
## 次李達韻

저녁 햇살이 뉘엿뉘엿 먼 물가로 내려가는데
떠나는 사람 손 붙들고 강가 다락에 올랐네
난간에 너무 오래 기대 있지 말아야지
황혼이 되면 다른 시름이 생긴다네

夕照微茫下遠洲。　　離人携手上江樓。
危欄莫作移時凭、　　纔到黃昏別有愁。

말 앞의 병졸이 아직도 어린아이라서
가엾게 여겨 나이를 물어 보았더니
막내아우와 동갑이었다 그래서 갑자기
아우를 보고 싶은 생각이 일어났다

馬前卒時未成童吾憐而問其歲則與季弟同忽起看雲之思

눈에 띄는 건 모두가 아우를 그리는 마음뿐
변방의 기러기도 남쪽으로 날아가네
가장 귀여운 막내아우가[1] 아버님 따라
물결 아득한 만 리 길에 지금 가 있네

觸物無非憶弟情。 塞天鴻鴈亦南征。
最憐阿忾隨嚴父、 今在溟波萬里程。

■

* 제목 원문의 '간운(看雲)'은 두보의 시에서 나온 말인데, 아우를 그리워하는 표현으로 많이 썼다. "아우를 그리워하며 구름을 보다가 대낮에 잠이 들었네[憶弟看雲白日眠]."

1) 원문의 택(忾)은 막내아우의 이름이다.

# 몹시 추워서

## 苦寒

산 아래 외로운 마을 문 굳게 닫혔는데
시냇가 다리에 날 저물자 푸른 연기가 오르네
돌샘이 얼어붙어 발자취 없으니
산 속 아낙네가 눈 녹은 물로 밥을 짓겠지

山下孤村深閉門、　溪橋日晚青煙起。
石泉凍合無人蹤、　知有山妻炊雪水。

# 기행
# 紀行

### 양곡을 운반하다

運粮

한겨울에 변방 양곡을 옮기다 보니
구백 사람이 겨우 삼백 섬을 옮기네
눈 쌓인 고개 얼어붙은 강이 닷새 길이라
산비탈에 불 피우고 모여서 밤잠을 자네

邊城轉粟當嚴冬、　　九百人輸三百斛。
雪嶺氷河五日程、　　敲火山崖夜聚宿。

### 별해

別害

만 길 산봉우리가 둘러싸인 한 조각 성에
수자리 병사들 두어 무리가 절반은 남쪽 사람일세
서리 맺힌 진지에 갑옷이 차가운데
야경하는 호각소리가 끊어질 듯 들리네

萬仞山圍一片城、　　戍兵數隊南軍半。
霜凝陣磧鐵衣寒、　　警夜角聲吹欲斷。

**변방의 수자리**

遠戍

집사람이 이른 가을에 겨울옷 부쳐왔지만
눈 쌓인 교하에 고향 소식 드물어라
밑천이 조금 남아 털옷은 사 입었다지만
몸 따뜻하다고 배야 어찌 부르랴

閨人秋早寄寒衣。　雪滿交河鄉信稀。
縱有囊資可買褐、　豈將身煖救腸饑。

**산골짜기 백성들**

峽民

산비탈에 해마다 구맥[1]을 심는데
강물 따라 판자집들이 떨어져 사네

■

* 함경도 갑산도호부 서남쪽 60리에 별해가 있고, 삼수군 남쪽 430리에 별해보(別害堡)가 있었다.

1) 여름에 꽃이 피고 보리같이 생긴 열매가 열리는 다년생 풀인데, 지맥이라고도 한다.

외진 산골이라 구실이[2] 적다고 말하지 말게나
날다람쥐 담비가죽이 고을로 들어간다네

山坂年年種瞿麥、 緣江板屋無鄕聚。
窮山莫道少征徭、 靑鼠烏貂入官府。

### 산골짜기 습속

峽俗

지나가는 사람들이야 산골짝 길이 괴롭다지만
여기 사는 사람들은 산골이 싫다고 않네
당귀에다 고사리까지 봄나물이 넉넉한데다
밤이면 앞내에서 여모기[3]까지 잡는다네

■

2) 조선시대 농민의 부담은 크게 세 가지였는데, 토지 생산에 따른 전조(田租), 그 지방 특산물을 나라에 바치는 공세(貢稅), 노동력이나 군사력을 징발하는 신역(身役)이 있었다.
3) 원문의 여항(餘項)에서 항(項)은 훈을 따서 '여목' '여모기'라고 읽는데, 열목어(熱目魚)를 뜻한다.

行人苦厭峽中路、　　　　居人不厭峽中居。
當歸薇蕨足春菜、　　　　夜刺前灘餘項魚。

**지친 병사들**

疲兵

돌 모서리는 창끝 같고 바람은 칼날 같은데
험준한 땅에서 겨울까지 만났네
눈길에 붉은 점이 가다 가다 보이니
모두가 지친 병사들 말굽의 핏방울일세

石稜如戟風如刀、　　　　冒險還逢愁苦節。
行看雪路點朱殷、　　　　盡是疲兵馬蹄血。

# 새하곡

## 塞下曲

한밤중 군문에 정탐꾼이 돌아와
선우[1]가 내일 아침에 백룡퇴[2]를 지나간다네
장군이 능연각[3] 화상을 마음속으로 자축하여
포도주 한 잔 따라 웃으며 마시네

半夜轅門探馬迴。　　單于朝過白龍堆。
將軍暗賀凌煙畫、　　笑取葡萄飮一杯。

■

1) 흉노족의 추장이다.
2) 중국 신강성 동쪽 천산남로(天山南路)에 있는 사막 지대이다.
3) 당나라 태종이 공신들의 화상을 그려 간직한 전각이다. 이 시에서는 선우를 사로잡아 공신이 됨을 뜻한다.

# 주을온을 지키러 가는 윤경로에게 흰 깃털화살을 주어 전송하다
## 白羽箭送尹景老戍朱乙溫

흰 깃털화살 한 대를
어복[1]에다 묻어둔 지 십 년이나 되었지
떠나는 그대에게 이 화살을 뽑아 드리니
음산의 호랑이를 쏘아 잡으시게나

我有一隻白羽箭。　　魚服塵埋今十年。
相逢脫手贈君去、　　射殺猛虎陰山前。

■

* 주을온보(朱乙溫堡)는 (경성도호)부 남쪽 32리에 있는데, 석축의 둘레가 1068척이고, 높이가 8척이다. -《신증 동국여지승람》 권50 〈경성도호부〉 관방조
윤경로가 이 주을온보에 병마만호로 부임하는 듯하다.

1) 수레에 네 마리 말을 매니
네 마리 말이 씩씩도 해라.
군자는 타고 가고
소인은 뒤따르네.
네 마리 말 가지런히 달리며
상아 활고자에 어피(魚皮) 활통을 했네.
어찌 하룬들 경계하지 않으랴
험윤의 침략이 너무 급해라.
駕彼四牡, 四牡騤騤.
君子所依, 小人所腓.
四牡翼翼, 象弭魚服.
豈不日戒, 玁狁孔棘. -《시경》〈채미(采薇)〉
어복은 물고기나 짐승의 가죽으로 만든 화살통이다.

# 일선 스님의 강당에서
## 一禪講堂

스님이 예전 이곳에서 세상이 물거품 같다고 설법하자
우담바라[1] 하늘에서 떨어지고 돌도 고개를 끄덕였다네[2]
밝은 달 싣고 간 배는 이제 적막하고
흰 구름과 흐르는 물만 유유하구나

禪和曾此說浮漚。　天雨優曇石點頭。
寂寞歸舟載明月、　白雲流水自悠悠。

■

* 일선 스님은 방외(方外)의 도를 지닌 부류인데, 항상 보현사 관음전에서 불법을 강설했다. (원주)

1) 불가에서 상서롭게 여기는 꽃이다.
2) 진(晉)나라 도생법사(道生法師)가 호구산에 들어가서 돌을 모아 놓고 〈열반경〉을 강하자, 돌들이 모두 머리를 끄덕였다고 한다.

# 약사전에서 영언 스님에게 지어 주다

## 藥師殿贈靈彦

먼 곳 나그네가 한밤중 약사전[1]에 찾아들어
조촐히 향 피우고 의왕(醫王)[2]께 빌었네
바라건대 제일 맛있는 청량산[3]을 가져다가
번뇌로 끓는 중생의 창자를 씻어 주소서

遠客夜投藥師殿、　名香淨爇祝醫王。
願將一味淸凉散、　洨向塵寰惱熱腸。

■

1) 약사를 모신 불전이다. 약사는 중생의 질병을 치료하고 수명을 연장시키며 재난을 없애 주는 부처이다. 원래 이름은 약사유리광여래(藥師瑠璃光如來)이다.
2) 약사를 가리키는 말이다.
3) 신열을 내리게 하는 약이다.

## 무위사로 가는 길에 자중의 시에 차운하다
## 向無爲寺次子中韻

나그네 돌아가자 외진 마을에 개가 짖고
해 저물자 흰 연기가 대울타리에서 일어나네
앞길에 절이 가까워져 다시금 반가운데
가느단 종소리까지 시내를 건너오네

孤村犬吠客歸時。　　日暮白煙生竹籬。
前路更憐蕭寺近、　　一聲微磬渡溪遲。

■

* 무위사는 (강진) 월출산에 있다. 개운 3년(946년)에 중 도선(道詵)이 처음 세웠는데, 세월이 오래되어 퇴락했으므로 이제 중수하고, 수륙사(水陸社)로 하였다. -《신증 동국여지승람》 권37 〈강진현〉 불우조

# 그네타기 노래

## 鞦韆曲

1.

흰 모시 치마 저고리에 붉게 물든[1] 허리띠
여인네들이 손에 손 잡고 그네타기를 겨루네
뚝가에 백마 탄 총각은 어느 댁 도령이신지
금채찍 비껴 들고 앞으로 가질 않네

白苧衣裳茜裙帶、　相携女伴競鞦韆。
堤邊白馬誰家子、　橫駐金鞭故不前。

2.

분 바른 뺨이 발그레해져 땀이 흐르고
애교스런 웃음소리 반 공중에서 떨어지네
여린 손길로 원앙줄을 사뿐 잡아도
가느단 허리가 버들가지 바람을 못 이기네

粉汗微生雙臉紅。　數聲嬌笑落煙空。
指柔易著鴛鴦索、　腰細不堪楊柳風。

■

1) 원문의 천(茜)은 꼭두서니인데, 우리 나라 곳곳에 저절로 나는 여러해살이 덩굴풀이다. 줄기는 모가 지고 속이 비었으며, 거꾸로 된 잔가시가 있다. 잎은 가름한 염통 모양인데, 4개씩 돌아가며 붙었다. 가을에 노란 꽃이 자잘하게 많이 피며, 열매가 익으면 검어진다. 뿌리는 물감 원료와 진통제로 쓰며, 어린 잎은 먹는다. 이 뿌리를 원료로 해서 만든 빨간 물감이나 그 빛깔도 꼭두서니라고 한다.

3.

구름 같은 머리에서 금비녀[2] 떨어지자
총각이 주워 들고 웃으며 뽐내네
도령님 사는 곳을 수줍게 물어 보니
수양버들 늘어진 몇 번째 집이라네

誤落雲鬢金鳳釵、　游郎拾取笑相誇。
含羞暗問郎居住、　綠柳珠簾第幾家。

■
2) 원문의 금봉채(金鳳釵)는 봉을 새겨 넣은 비녀이다.

# 송도 고궁을 지나면서 차운하다
## 過松都故宮次韻

고궁 서편에 첨성대가
돌난간 부스러져 이끼 돋았네
당시 태사(太史)는 공연히 눈만 괴롭혔지
요승(妖僧)[1]이 이미 꿈 속에 들어와 있었으니

古宮西畔瞻星臺。　零落石闌生紫苔。
當時太史空勞眼、　已有妖僧入夢來。

■
1) 신돈(辛旽)을 가리킨다.

# 패강 노래

## 浿江歌

1.

층층 성곽과 푸른 나무가 잔잔한 강물을 누르고
까마득한 누각과 다락이 하늘에 닿았네
옛나라의 번화가 아직도 남아 있어
밝은 달빛과 노랫소리가 강언덕에 퍼지네

層城碧樹壓微瀾。　　天襯樓臺縹緲間。
古國繁華今尙在、　　月明歌吹動江關。

2.

동명왕의 신화가 고기잡이와 나무꾼에게도 전해지건만
기린굴 조천석은[1] 그 사적이 적막해라
잡초가 우거져 문무정을 뒤덮고
물새들이 날아서 백운교[2]에 오르네

■

1) 기린굴: 세상에 전하기를, "(동명)왕이 기린마를 타고 이 굴을 통해서 땅 속으로 들어갔다가 조천석으로 나와 승천하였다"고 한다. 그 말발굽 자국이 지금도 바위 위에 남아 있다. -《신증 동국여지승람》 권51 〈평양부〉 고적조

2) 청운교와 백운교는 모두 구제궁(九梯宮) 터 안에 있는데, 동명왕 때의 다리이다. 자연 그대로 만들어져, 사람의 솜씨를 빌리지 않았다. -같은 곳.

東明異說屬漁樵。　　　麟馬朝天事寂寥。
野草欲埋文武井、　　　沙禽飛上白雲橋。

3.

태평성세라 농사와 누에치기가 해동에 펼쳐졌고
팔조의 가르침을[3] 지금까지도 받드네
"신하노릇 하지 않겠다"는[4] 그 말씀 아직도 생생하니
강상(綱常)을 바로 세운 것이 으뜸가는 공일세

■

3) 기자(箕子)가 우리 나라로 와서 팔조(八條)로 백성을 가르쳤다고 하는데, 현재 3조만 남아 전한다. "살인자는 사형에 처하고, 상해자는 곡식으로 보상하며, 남의 물건을 훔친 자는 그 주인의 노예가 된다"는 내용이다. 도둑질한 자는 50만전을 내고 속죄할 수도 있었다. '범금팔조(犯禁八條)'라고도 한다.

4) 미자가 또 말하였다.
"보사(父師)와 소사(少師)여. 나는 은나라가 망하는 것을 생각만 해도 미칠 것 같소. 집에 틀어박힌 채로 늙을지, 들판으로 달아나기라도 할지, 그대들이 가르쳐 주시오. 나라가 망해 가는 이때에, (내가) 어떻게 하면 좋겠소?"
보사인 기자가 이렇게 말하였다.
"(줄임) 상나라가 멸망의 구렁으로 빠지더라도, 저는 남의 신하나 종은 되지 않겠습니다. 그러나 왕자께서는 달아나십시오. (줄임) 왕자께서 달아나지 않으시면, 은나라의 종묘사직이 완전히 끊어지고 맙니다." -《서경》〈미자〉

壽域農桑遍海東。　　八條遺教至今崇。
罔爲臣僕言猶在、　　扶植網常第一功。

4.
연나라의 망명객이 감히 반란을 일으켜[5]
창해에 일엽편주로 하염없이 떠났네
하늘의 뜻이 어진 자손을 없애지 않으시어
강남 한쪽에다 마한을 세웠네[6]

燕地亡人敢揭竿。　　扁舟滄海去無端。
天心不泯仁賢祚、　　一片江南作馬韓。

■

5) 연왕(燕王) 노관(盧綰)이 (한나라에) 반기를 들고 흉노에게 들어가자, 연나라 사람 위만이 망명해 무리 천여 명을 모아 동쪽으로 달아나 변방 요새를 나와 패수를 건넜다. 진나라의 옛 공지였던 상하장(上下障)에 살면서 차츰 진번조선의 만이(蠻夷)와 옛 연나라 · 제나라에서 망명온 백성들을 함께 부려 임금이 되고, 왕검에 도읍했다. -《삼국유사》 제2 기이 〈위만조선〉

6) 위만이 조선을 치자, 조선왕 기준(奇準)이 궁인과 좌우를 거느리고 바다를 건너 남쪽으로 와서 한(韓)나라 땅에 이르렀다. 나라를 열고 이름을 마한이라고 했다. -《삼국유사》 제2 기이 〈마한〉

5.

혼이 있으면 천제 아들이여 돌아오소서
칠성문 밖에는 흙무덤만 외로워라
돌짐승에는 이끼가 끼고 사람 자취는 끊겼는데
일천 고을의 북소리 퉁소소리가 자고 신령께 치성드리네[7)]

帝子歸來魂有無。　　七星門外土墳孤。
苔深石獸人蹤斷、　　簫鼓千村賽紫姑。

6.

대동강 아녀자들이 봄볕을 밟는데
강가의 능수버들은 애가 끊기네
실오리 같은 저 아지랑이로 베를 짤 수 있다면
그대 위해서 춤추는 옷을 지으리라

浿江兒女踏春陽。　　江上垂楊政斷腸。
無限煙絲若可織、　　爲君裁作舞衣裳。

■

7) 자고는 이경(李景)의 첩이었는데, 본처의 투기 때문에 뒷간 청소를 하다가 원한에 사무쳐 정월 보름날 죽었다. 그래서 세상 사람들이 보름날 밤에 뒷간이나 돼지우리 옆에다 그의 화상을 그려놓고 빌었다. -《이원(異苑)》5
갱삼고(坑三姑)·자고(子姑)라고도 하는데, 칙신(厠神)이다.

7.
제 얼굴은 꽃과 같아 피었다가 시드는데
님의 마음은 버들솜 같아 그리 가볍게 떠나시나요
백 척의 청류벽[8]을 옮겨 놓아서
떠나는 배를 가로막고 보내지 않으리라

妾貌似花紅易滅、 郎心如絮去何輕。
願移百尺淸流壁、 遮却蘭舟不放行。

8.
헤어지는 이들이 날마다 버들가지를 꺾어
천 가지를 다 꺾었어도 사람들 붙잡질 못하네
아가씨 붉은 소매에 눈물이 많아
연기 물결 지는 해가 고금의 시름일세

離人日日折楊柳。 折盡千枝人莫留。
紅袖翠娥多少淚、 煙波落日古今愁。

■
8) 대동강 을밀대 아래쪽에 있는 절벽 이름이다.

9.

금수산 앞에 영명사[9]가 있어
때때로 여인네들이 점등하고 돌아오네
신명의 도움으로 마음속 일을 이루려고
비단 장삼 몰래 지어서 부처께 시주하네

錦繡山前永明寺、　有時兒女點燈歸。
欲將冥佑諧心事、　暗剪羅衫施佛衣。

■

9) 평양 금수산에 있는 절인데, 부벽루 서쪽 기린굴의 위쪽에 있다. 31본산 시대에는 평안남도의 절들을 관할하던 본산이었다. 동명왕의 구제궁(九梯宮) 자리에다 392년에 절을 세우고, 아도화상을 머물게 했다고 한다.

# 꿈 이야기를 쓰다
## 紀夢

여러 해 동안 남북으로 소식이 끊겼는데
여관에서 밤마다 자진(子眞)[1]을 꿈꾸네
그대도 회계에서 나를 생각하시는지
첩첩 깊은 산 속으로 돌아간 사람아

數年南北斷音塵。　旅枕連宵夢子眞。
君在會溪相憶否、　萬山深裡一歸人。

■

1) 회계는 정지승(鄭之升)이 살았던 곳인데, 그의 자 자신(子愼)을 이렇게 쓴 듯하다.

## 태헌의 시에 차운하여 현준에게 지어 주다
## 次苔軒韻贈玄峻

처음 먹은 마음이야 어찌 명리에 있었으랴
오래 벼슬하다 보니 청산을 저버렸네
늙은 스님을 만나서도 말 한마디 못했지
흰 구름 소식을 무슨 낯으로 물으랴

初心豈在利名間。　　烏帽多時負碧山。
逢著老僧無一語、　　白雲消息問何顏。

■

* 태헌은 고경명(高敬命, 1533~1592)의 호이다. 자는 이순(而順)이며, 제봉(霽峰)이라는 호를 많이 썼다. 임진왜란이 일어나자 유팽로와 함께 의병을 일으켰는데, 금산에서 왜군과 싸우다가 전사하였다.

## 윤씨 성의 기생에게

## 贈尹妓

강가의 달이 열두 번이나 찼다가 기울어
서관의 취한 나그네가 이제 돌아가려네
언제나 다시 보랴 귀여운 너의 자태를
술동이 앞에 놓고 〈금루의〉[1]를 함께 부를거나

江月盈虧十二度、　西關醉客今將歸。
何時重見宛轉態、　與唱尊前金縷衣。

■

1) "그대에게 권하노니 금빛 옷을 아끼지 말고
그대에게 권하노니 젊은 시절을 아끼소."
勸君莫惜金縷衣,　勸君須惜少年時.
이기(李騎)가 늘 이 노래(금루의)를 불렀다. -두목 〈두추랑시(杜秋娘詩)〉 주

# 장난삼아 짓다

## 戲題

열여섯 살 계집아이가 여리고도 어여쁜데
구름이 날아온 듯 낮잠이 살풋 들었네
역마길 봄바람에 나무마다 꽃이 피어
물에 어리고 산을 덮어도 다 저만은 못하네

弱貌娉娉二八餘。　　為雲飛到午眠初。
東風驛路花千樹、　　暎水遮山摠不如。

# 스님의 시축에 쓰다

## 題僧軸

글과 칼을 배웠지만 둘 다 이루지 못해
강해로 떠도니 마음이 어찌 편하랴
승방에서 부들자리에 누워 잠시 잠들었다가
꿈 속에서 금하[1]를 건너 오랑캐를 쏘았네

書劍悠悠兩不成。 旅遊江海意難平。
僧房暫借蒲團睡、 夢度金河射虜營。

■

1) 내몽고 중부를 거쳐 황하로 들어가는 강 이름이다. 변경을 가리키는 말로 쓰인다.

# 임백호집 제3권

白湖
林悌

# 칠언절구

# 내 죽음을 스스로 슬퍼하다
## 自挽

강한의 풍류 생활 사십 년 동안
맑은 이름이 세상 사람들을 울리고도 남았네
이제 학을 타고 티끌 그물을 벗어났으니
바다의 반도 복숭아가[1] 새로 익겠지

江漢風流四十春。　清名贏得動時人。
如今鶴駕超塵網、　海上蟠桃子又新。

■

1) 창해 가운데 도삭지산(度朔之山)이 있는데, 그 위에 복숭아나무가 삼천 리에 서려 있다. -《논형(論衡)》

# 동년 박천우에게 편지를 부치다
## 簡寄同年朴天祐

비가 매화를 적셔 홀로 문을 닫고
편지를 한 장 써서 은근히 인사하네
서울의 친구들은 모두 다 잘 있고
이 아우도 또한 혼정신성[1] 잘 지낸다오

雨濕梅花獨掩門。　　一封書札謝慇懃。
京洛故人皆好在、　　弟今無恙奉晨昏。

■
* (박천우는) 삼가(三嘉) 사람이다. (원주)
동년(同年)은 같은 해 과거에 급제한 사람이다.
1) 사람의 아들된 도리로 겨울에는 (어버이를) 따뜻하게 해드리고 여름에는 서늘하게 해드리며, 저녁에는 잠자리를 돌봐드리고 아침에는 안부를 묻는다. -《예기》〈곡례(曲禮)〉 상
혼정신성(昏定晨省)을 줄여서 정성(定省) 또는 신혼(晨昏)이라고도 하였다.

한라산에 눈이 가득 쌓여 올라보고 싶은 뜻을 이루지 못했다 이월 초닷새 밤 꿈에 고원에 올라 멀리 바라보니 푸른 봉우리들이 옛 그대로이고 푸른 나무가 겹겹이 둘렀는데 학처럼 희고 깨끗한 것이 보였다 나도 처음에는 학인 줄 알았는데 곁에 있던 사람이 "학이 아니라 잔설(殘雪)이다"라고 하였다 자세히 보니 과연 눈이었다 그래서 농담으로 "흰 눈의 흰 것이 흰 학의 흰 것과 어찌 다르겠는가" 하고 말했다 꿈을 깬 뒤에 매우 기이한 멋이 느껴져 곧 절구 한 수를 지었다

雪滿漢拏未遂登臨之志二月初五夜夢登古原遙見靑巒依舊綠樹重重有一物皎皎如鶴余初以爲鶴傍有一人曰非鶴也殘雪耳乃諦視則雪也余戲曰白雪之白何以異於白鶴之白覺來甚有奇趣乃成一絶

푸른 나무 천 겹 속에 산은 고즈넉한데
나그네 외로운 꿈이 아득하여라
한 마리 청계학인가 하고 탐내어 바라보니
흰 눈이 녹지 않고 바위틈에 남은 것일세

碧樹千重山寂寥、　旅宵孤夢政迢迢。
耽看一隻淸溪鶴、　認是幽巖雪未消。

# 영랑곡
## 迎郎曲

삼월 삼진날 복사꽃이 피자
돛단배 여러 척이 바다를 건너오네
곱게 단장하고 별도포[1]에서 웃으며 노닐다가
해 지는 언덕 위로 소매 나란히 돌아오네

三月三日桃花開。　雲帆片片過海來。
姸粧調笑別刀浦、　岸上斜陽連袂迴。

■

* 탐라도에 들어갈 때에 지은 것이다. (원주)
〈영랑곡〉은 '낭군을 맞는 노래'라는 뜻이다.

1) 별도악(別刀岳)은 제주 동쪽 17리에 있다. -《신증 동국여지승람》 권38 〈제주목〉 산천조.

# 송랑곡
## 送郎曲

조천관[1] 안에서 시름 겨운 눈물 흘리는데
뱃사공[2]은 빨리 가자고 돛을 올리네
여인의 원망을 동풍이 아랑곳하랴
배를 날려 보내 푸른 하늘로 떠가게 하네

朝天館裡泣愁紅。 黃帽催行理短蓬。
東風不道娘娘怨、 吹送飛舟度碧空。

■

* 〈송랑곡〉은 '낭군을 보내는 노래'이다.

1) 조천관 방호소(防護所)는 제주 동쪽 26리에 있다. -《신증 동국여지승람》 권38 〈제주목〉 관방조
(제주목·정의현·대정현) 세 고을에서 육지로 나가는 사람들은 모두 이곳(조천관)에서 바람을 기다리고, 전라도에서 이 세 고을로 들어오는 사람들도 모두 이곳과 애월포에다 배를 댄다. -같은 곳, 궁실조.

2) 원문은 황모(黃帽)인데, 옛날에는 뱃사공들이 누런 모자를 썼다. 황두랑(黃頭郞)이라고도 했다.

# 부르는 운에 따라서 벼루를 읊다

## 呼韻詠硯

한 조각은 일찍이 왕발의 배에서 가라앉았고[1]
백 년 동안 동작연(銅雀硯)으로 참소받으며 시달렸네[2]
가장 좋기론 창가에서 시인의 벗이 되어
삼나무 이슬방울로 용매먹[3]을 갈 때일세

一片曾沈王勃帆。　百年銅雀苦逢讒。
最宜騷客山窓畔、　磨盡龍媒露滴杉。

■

1) 당나라 시인 왕발이 29세 때에 바다를 건너다 빠져 죽었다.
2) 조조가 동작대(銅雀臺)를 지었는데, 그 기와로 벼루를 만들면 여러 날 동안 물을 담아 놓아도 줄지 않았다. 이 벼루가 바로 동작연인데, 이 시에서는 후세에 조조가 악명으로 이름 높아지자 동작연도 아울러 욕을 듣게 되었다는 뜻으로 썼다.
3) 좋은 먹의 이름이다.

# 종곡에서 상운도자에게 지어 주다
## 在鍾谷贈祥雲道者

소치[1]가 어찌 시를 잘 짓는 자이기에
눈보라를 무릅쓰고 힘들게 찾아오셨나
문자가 원래 이면의 일 아니니
산길을 어서 돌아가 이끼나 쓰시게

嘯癡豈是能詩者、　風雪胡爲勤苦來。
文字元非裡面事、　早歸山逕掃寒苔。

■

* 종곡은 충청도 보은 속리산 기슭에 있는 마을이다. 당시에 대곡(大谷) 성운(成運)이 머물러 살았는데, 임제는 7년 동안 (모친 삼년상 기간을 제외하고는) 대곡 선생에게서 글을 배웠다.

1) 임제의 호인데, 소(嘯)자는 '휘파람' 또는 '시, 노래'라는 뜻이다. '소치'라는 호에는 '시를 잘 짓지 못하는 사람', 또는 '시만 좋아하는 사람'이란 뜻이 있다.

# 당귀초를 심고서 절구 한 수를 지어 관원에게 바치다
## 種當歸草一絶奉呈灌園

베옷으로 공명을 꿈꾸면 웅지가 시들어지니
고향 산으로 돌아가려던 것이 본래의 기약이었네
화분에다 당귀초를 손수 심어 두고
산골짝에 봄비 내리는 모습을 앉아서 그려 보네

短褐圖名壯志衰。 故山投老本前期。
小盆手種當歸草、 坐想幽巖春雨時。

■
* 당귀초는 약재 이름인데, "마땅히 돌아가리라"는 뜻도 있다.

# 윤 참판 시에 차운하여 거문고를 타는 스님에게 주다

## 次尹參判韻贈琴僧

거문고 악보를 들고 시냇가에 앉아서
이따금 한 곡조 타다가 또 시를 읊네
서쪽에서 온 귀 뚫린 놈을 도리어 비웃노니
소림사 구 년 마음이[1] 재가 되었네

琴徽經卷坐溪潯、　時復一彈還一吟。
却笑西來穿耳漢、　少林灰盡九年心。

■

1) 소림사는 중국 하남성 등봉현에 있는 절이다. 선종(禪宗)의 시조인 달마(達摩)가 서쪽에서 와서, 이 절에서 면벽(面壁)하고 9년 동안 수도하였다.

# 송추를 지나면서 감회를 읊다
## 過松楸寫懷

우리들 자랄 때에 어머님께서 보살피셔
아들 다섯 딸 둘이 춥고 배고픔을 면했었네
지금 잔디 위에 눈이 많이 쌓였으니
따뜻한 집에서 갖옷을 입어도 도리어 슬퍼지네

鞠育當時恃母慈。　　五男二女免寒飢。
如今雪壓重茅上、　　暖屋重裘轉自悲。

■
* 송추는 소나무와 가래나무인데, 무덤에다 심었다. 흔히 선산(先山)을 가리키는 말로 쓰였다.

# 동파역
## 東坡驛

역의 이름을 듣고 나니 나그네 마음에 감회가 있어
천 년 지났지만 다시금 소공[1]에게 위로하네
그 당시 온 천하도 받아들이기 어려웠으니
하물며 동쪽 땅 한 구석에서랴

驛號聞來感客衷。　　千年重爲弔蘇公。
當時四海容難得、　　何況東荒一域中。

■
1) 송나라 시인 동파(東坡) 소식(蘇軾)을 가리킨다. 동파역은 경기도 장단군에 있다.

# 개천에서 고기를 바라보다

## 溝水觀魚

개울에서 노는 고기의 운명이 서글퍼라
어부[1]가 지나가자마자 가마우지가 엿보네
지느러미 떨치고 넓은 바다로 헤엄쳐 가서
만 리 파도 속에 마음대로 다니는 것이 좋겠네

溝水游魚命可悲。 豫且纔去鷺鷥窺。
莫如振鬣歸滄海、 萬里雲濤任所之。

■

1) 강(江)이 신구(神龜)를 하(河)에 사자로 보냈는데, 고기잡이 예차(豫且)가 그물로 잡아서 다래끼 속에 넣어 두자, 밤중에 거북이 송원왕(宋元王)에게 현몽(現夢)했다. -《사기》 권128 〈귀책전(龜策傳)〉
원문의 예차(豫且)는 〈귀책전(龜策傳)〉 속에 나오는 어부의 이름이다.

## 병중에 쓰다
## 病中自遣

해묵은 고질병[1)]이 장부의 몸을 얽어 매니
가을을 만나도 기력이 나아지질 않네
서울이 어찌 정신을 쉴 곳이랴
산은 가야산 물은 금호가[2)] 생각나네

二竪經年縛壯夫。　逢秋氣力未全蘇。
京華豈是頤神地、　山憶伽倻水錦湖。

■

1) 진후(晉侯)가 병에 걸려 진(秦)나라에 의원을 구하자, 진백(秦伯)이 의원 완(緩)을 보냈다. 완이 아직 이르기 전에 진후가 꿈을 꾸었는데, 두 동자[二竪子]가 나타나 말했다.
"그는 훌륭한 의원이니, 우리를 다칠까 두렵다. 어디로 달아날까?"
그중 하나가 말했다.
"명치 위[膏]와 명치 밑[肓]에 (숨어) 있으면 (아무리 훌륭한 의원인들) 우리를 어찌하랴?"
의원이 이르러 (진맥해 보고) 말했다.
"이 병은 고칠 수가 없습니다. (병이) 명치 위에도 있고, 명치 밑에도 있어, 뜸뜰 수도 없고, 침 놓을 수도 없으며, 약도 듣지 않습니다. 방법이 없습니다." -《춘추좌씨전》〈성공(成公)〉 상
원문의 두 아이[二竪]는 고질병을 뜻한다.
2) 나주 회진 앞에 흐르는 물이 금호이고, 건너편 산이 가야산이다. 이 시에서는 시인의 고향을 가리킨다.

# 칠언근체

# 헤어지는 마음

## 別意

봉래섬에 아스라히 저녁노을이 물드는데
원앙새는 애를 끊고[1] 기러기는 떼를 잃었네
황산 포구에선 바닷물이 혼을 녹이고
청해 성머리에선 구름이 꿈에 들어오네
십 년 동안이나 광두목(狂杜牧)[2]이라 불렸으니
한마음을 지녀서 문군의 원망을[3] 사지 않으리라

■

1) 환공(桓公)이 촉(蜀)에 들어가 삼협(三峽) 가운데 이르렀는데, 부하 가운데 어떤 사람이 원숭이 새끼를 잡았다. 그러자 그 어미 원숭이가 강 언덕을 따라 슬프게 울면서 좇아오다가, 백여 리를 못 가서 드디어 배 위로 뛰어내리다가 그만 숨이 끊어졌다. 그 어미 원숭이의 배를 갈라서 그 속을 들여다보니, 창자가 마디마디 끊어져 있었다. 환공이 그 말을 듣고 노하여 그 사람을 내좇으라고 명했다. -《세설신어》〈출면(黜免)〉
2) 당나라 시인 두목은 권력에 아부하지 않고 자유분방하게 생활하며 풍류를 즐겨 많은 이야기를 남겼는데, 이항복이 임제의 시에 대하여 "자순(子順)의 시는 두목지 같다"고 하였다.
3) 문군은 한나라 부자 탁왕손(卓王孫)의 딸인데, 한때 과부로 살고 있었다. 가난한 문장가 사마상여가 거문고를 타면서 사랑을 전하자, 그 거문고소리에 반하여 밤중에 사마상여의 집으로 달려갔다. 탁문군이 사마상여의 아내가 되었지만 아버지가 결혼을 반대하였기 때문에, 그들 부부는 술집을 차리고 장사하였다. 결국은 탁왕손이 이들의 결혼을 인정하고, 살림을 차려 주었다. 나중에 사마상여가 무릉의 여인을 첩으로 맞아들이려 하자, 탁문군이 그를 원망하며 〈백두음(白頭吟)〉을 지었다. 사마상여가 그 시를 보고 자기의 잘못을 뉘우치며, 첩 맞아들이기를 단념하였다.

선루(仙樓)에서 헤어진 뒤로 소식이 끊어졌으니
천 리에 그리는 마음이 조각달을 나누었네

蓬島微茫向夕曛。　　鴛鴦腸斷鴈離羣。
黃山浦口銷魂水、　　青海城頭入夢雲。
十載自持狂杜牧、　　一心休使怨文君。
仙樓別後無消息、　　千里相思片月分。

# 웅점사에서 우연히 짓다
## 熊店寺偶成

종소리가 서루에서 그치고 향 심지도 다 꺼졌는데
흰 머리로 선탑 앞에 앉아서 하염없이 밤을 지새네
일 년 열두 달 달을 본대도 몇 번이나 좋았던가
외로운 절간에 등불과 함께하자 추운 밤도 아득해라
어느 곳 옥퉁소소리가 채봉을 부르는가
누구 집의 은촛불이 가는 허리를 춤추는가
천태산의 풍류스런 이야기를 생각해 보니[1]
유랑의 적막한 처지가 안타까워라

鍾盡西樓香炧銷。 鬢絲禪榻坐無憀。
一年看月幾時好、 孤寺伴燈寒夜遙。
何處玉簫呼彩鳳、 誰家銀燭舞纖腰。
天台想得風流話、 應惜劉郎在寂寥。

■

* 웅점사는 전라도 남평현 덕룡산에 있던 절이다. 뒤에 운흥사(雲興寺)로 이름을 고쳤는데, 지금 나주시 다도면 암정리에 있다.

1) 천태산은 중국 절강성에 있는 산이다. 한나라 때에 유신(劉晨)과 완조(阮肇) 두 사람이 천태산에 들어가 약을 캐다가 길을 잃었다. 두 선녀를 만나서 반 년 동안 지내다가 집으로 돌아왔는데, 그 사이에 자손들이 7대나 바뀌었다고 한다. 두 사람이 다시 선녀를 찾아 천태산으로 들어갔는데, 그뒤에는 소식을 알 수 없게 되었다.

# 송별하다
## 送別

가을이 다 지나간 서울에서 나그네 신세 서글프니
남쪽 고향으로 가는 사람들을 날마다 전송하네
술집에서 미친 듯 지내다 보니 새로 아는 사람도 적어지고
돈이 떨어지자 옛친구도 멀어지네
삼경(三逕)[1]의 동산으로 돌아가 늙고 싶건만
벽도화 살구꽃은 마음과 어긋나네
먼지 속에 파묻힌 옥검이 가엾어
변방의 서릿바람 부는 곳으로 꿈결에 자주 날아가네

秋盡京華遠客悲。 南鄕日日送人歸。
狂顚酒肆新知少、 貧乏黃金舊識稀。
三逕一丘投欲老、 碧桃紅杏與心違。
唯憐玉劍塵埋沒、 關塞風霜夢屢飛。

■

1) 세상을 벗어나 자연 속에 묻혀 사는 선비의 뜨락을 가리킨다. 장후(蔣詡)가 정원 가운데 소나무·대나무·국화를 심고 그 사이로 오솔길을 냈으며, 마음이 맞는 벗과 함께 이 길을 걸었다. 도연명도 〈귀거래사〉에서 자기 집을 이렇게 그렸다.

# 박 사상께
## 呈朴使相

2.

범중엄 가슴속에 수만 갑병이 있다고[1)]
일찍이 서울에서도 이름을 익히 들었소
장성을 맡은 장수는 시서를 읽은 인물이니
칼과 창이 부딪칠 일도 변방에서 없어지리다
술잔치 자주 열려 깃발 그림자 고요하고[2)]
해적이 못 나타나 진지의 구름도 평온하네
남녘 변방 어디에서 염매(鹽梅)[3)]의 재주를 시험하리요
머잖아 조정에서 갱재(賡載)[4)]를 하오리다

■

* 사상(使相)은 관찰사를 가리키는데, 이 시에서는 관원(灌園) 박계현(朴啓賢, 1524-1580)이다. 관찰사는 병사(兵使)와 수사(水使)도 겸임하였다. 임제가 27세 되던 1575년에 그가 왜구를 막기 위해 전라감사로 부임했는데, 임제는 그 이듬해 감시(監試)에서 진사로 뽑혔다.

1) 송나라 재상 범중엄(范仲淹)이 연수(延守)를 지킬 때에 서하(西夏) 사람들이 감히 쳐들어오지 못하면서, "범로(范老)의 가슴속에는 항상 갑병 수만이 들어 있다"고 하였다.
2) 전쟁이 일어나면 군기를 앞세우고 싸우러 나간다.
3) 내가 술과 단술을 빚게 되면 그대는 누룩과 엿기름이 되어 주고, 내가 양념을 넣고 국을 끓이게 되면 그대는 소금과 식초가 되어 주시오. - 《서경》〈열명(說命)〉 하
   은나라 고종이 재상 부열(傅說)에게 한 말인데, 염매는 그뒤부터 나랏일을 맡은 재상을 가리키는 말로 쓰였다.
4) 순임금이 노래를 불렀다.
   신하들이 즐거우면
   임금의 일도 흥성해지고

范老胸中數萬兵。 憶曾都下慣雄名。
長城有寄詩書將、 絶徼無勞劍戟鳴。
樽蟻屢開旗影靜、 海鯨難動陣雲平。
炎荒詎試鹽梅手、 未久虞庭乃載賡。

■

모든 관리들도 화락해지리라.
그러자 (줄임) 재상 고요(皐陶)가 그 뜻을 노래하였다.
임금님이 밝으시면
신하들도 어질어서
모든 일들이 편인해지리라.
(줄임) 순임금이 허리를 굽혀 말씀하셨다.
"그대 말이 옳소. 가서 공경하시오." -《서경》〈익직(益稷)〉
갱재(賡載)는 (임금과 신하가) 노래를 주고받았다는 뜻인 동시에, 그 노래의 제목이기도 하다. 이 시에서는 박관원이 머잖아 조정으로 돌아가 재상에 오를 것이라는 뜻으로 썼다.

# 복천사회고
## 福泉寺懷古

하늘에 닿은 주궁(珠宮)[1]이라 골짜기가 넓어
선왕이 이곳에 행차를 멈추었다네
공동산의 옛 의장을[2] 금여(金輿)[3]가 본떠
수륙재[4] 제단에 옥지(玉趾)[5]가 친히 임했네
세 분 전하가 정성 바쳐 향 연기가 타올랐고
백관이 복을 빌어 예식이 길기도 했네
지금까지도 성대한 일이라고 스님들이 말하건만
돌문에 이끼 오르고 구름 그림자만 쓸쓸해라

■

* 복천사는 순천군 광덕산에 있던 절이다. 임형택 교수가《회진임씨세고(會津林氏世稿)》에서 이 시의 서(序)에 해당되는 기록을 찾아 소개하였다.
"광묘(光廟 · 세조)가 내전(內殿) · 동궁과 함께 순유(巡遊)해서 이 절로 중 신미(信眉)를 방문하고 수륙재를 배설했는데, 임금과 양 궁(宮)이 불전에 염향(拈香)하고 신하와 종실(宗室)로 단(壇)에 들어선 자가 30여 명이었다. 어제(御題)로 그 일을 기록했으며, 또 판서 김수온(金守溫)을 명해서 널리 알리도록 했다. 지금까지도 그 이야기가 절에서 전하고 있다."

1) 불전을 아름답게 표현한 말이다.
2) 공동산은 중국 하남성 임여현(臨汝縣) 서남쪽에 있는데, 옛날 황제(黃帝)가 광성자(廣成子)에게 도를 물었다는 곳이다.
3) 금여는 임금의 행차를 뜻하는데, 황제가 광성자에게 도를 물은 것처럼 세조가 신미를 방문했다는 뜻이다.
4) 불가에서 수륙의 잡귀들에게 재식(齋食)을 공양하는 법회이다.
5) 발에 대한 존칭이다. 여기선 세조의 행차를 가리킨다.

天襯珠宮洞府寬。　　先王曾此駐鳴鑾。
金輿遠效崆峒仗、　　玉趾親臨水陸壇。
三殿獻誠香裊裊、　　千官祈福禮漫漫。
至今勝事山僧說、　　苔上巖扉雲影寒。

# 차운하여 성초 스님에게 주다
## 次韻贈性超

경오년[1] 즈음에 그대와 헤어진 뒤에
바닷마을과 산 속 절간에서 몇 번이나 가을이 지났던가
책과 거문고가 책상에 가득한 채로 나그네는 폐병을 앓고
향불 피우고 문 닫았는데 스님은 머리가 하얗군
얼어 붙은 난계에는 지는 달이 비추고
눈 개인 영악[2]에는 찬 구름이 흐르네
그 옛날 놀던 일들을 서로 만나 얘기하다 보니
당시의 푸른 두 눈이[3] 어렴풋이 생각나네

庚午年中曾作別、　　水鄕山寺幾經秋。
琴書滿案客病肺、　　香火閉門僧白頭。
氷合亂溪殘月照、　　雪晴獰岳冷雲流。
相逢細話舊遊事、　　暗記當時雙碧眸。

■

1) 임제가 22세 되던 1570년인데, 이 해에 대곡 성운의 문하로 찾아가 글을 배웠다.
2) 난계와 영악은 고유명사로 생각되지만, 어지러운 시내와 모진 산이라는 뜻이기도 하다.
3) 인도에서 동쪽으로 처음 온 선승(禪僧) 달마(達摩)의 눈동자가 푸른빛이었으므로, 그뒤부터 선승을 표현할 때에 '푸른 눈'이라는 말을 썼다.

# 고당 가는 길에서
## 高唐道中

고당 가는 길에 큰 바람과 큰 눈이 몰아치는데
칼 한 자루에 거문고 한 장으로 천릿길을 가네
종은 추워 떨고 말까지 병들어 의지할 곳도 없건만
휘파람 불고 회포를 노래하니 신명이라도 난 듯하네
까마귀 우는 높은 나무에는 저녁 연기가 차갑고
개 짖는 외로운 마을에는 백성들 집이 가난하구나

■

* 고당포는 영동읍 15리에 있다. -《신증 동국여지승람》 권16 〈영동현〉 산천조

** 정랑 백호 임제는 번천(樊川: 杜牧)을 배워 시를 지었으므로, 이름이 일세에 무거웠다. 손곡(이달)이 일찍이 사람들의 시품을 논하다가 백호에게 미치자, 능수(能手)라고 평하였다. 듣는 사람들이 모두 '비유가 훌륭하다'고 생각하였다.
백호가 젊은 시절에 호남서 서울로 향해 가고 있었는데, 마침 한겨울이었다. 그래서 바람과 눈이 하늘에 가득 차자, 길에서 율시 한 수를 지었다. (위의 시)
고당은 지나가던 곳의 이름이다. 성대곡 선생이 이 시를 보고는 한번 만나보기를 원하였다. 백호가 드디어 찾아가 뵙자 몹시 반가워했다.
뒷날 성우계(成牛溪) 선생이 이조참판으로 있을 때에 백호가 재주를 품고서도 침체해 있는 것을 안타깝게 여겨 장차 천거하려고 하였다. 그래서 불러들여 함께 이야기해 보고는 세속을 초탈한 기상이 있음을 알았다. 청반(淸班)에 추천하려고 했는데, 얼마 안 되어 병으로 세상을 떠났다. 그가 지은 시들은 궁박한 기상이 전혀 없는데도 끝내 떨치지 못했으니, (과연) 무슨 까닭인가. -양경우《제호시화(霽湖詩話)》
백호가 이 시 덕분에 대곡 성운의 제자가 되었다.

유유하다가 갑자기 고향 생각이 일어나니
금수 가에 매화가 피어 남녘 땅은 봄날이겠지

大風大雪高唐路、　　一劍一琴千里人。
僮寒馬病却無賴、　　嘯志歌懷如有神。
鴉啼喬樹暮煙冷、　　犬吠孤村民戶貧。
悠悠忽起故園思、　　錦水梅花南國春。

# 통판 장의현의 집에 들렀다가 그의 선장군을 생각하다

## 過張通判義賢家仍憶先將軍

장군이 태어나며 태평성대 되었으니
절도사의 공명을 어찌 다 말하랴
필마로 나아가 오랑캐를 무찔렀으니
그 시절 변방에는 문도 닫지 않았다고 하네
영웅스런 그 모습을 능연각[1]에 남기지 못하고
사당만 부질없이 들마을에 남았네

■

* 장의현의 부친 장필무(張弼武, 1510-1574)가 무인이었으므로 선장군이라고 표현하였다. 장필무의 자는 무부(武夫)이고, 호는 백야(栢冶)인데, 무과에 급제하였다. 부산진 첨절제사·만포진 첨절제사·온성판관·함경도 병마절도사·경상좌도 병마절도사를 거치면서 오랑캐의 침입을 막았다. 명종·선조 시대의 무인 가운데 가장 청렴결백하기로 이름났으며, 죽은 뒤에 청백리로 뽑혔다. 병조판서에 추증되었으며, 시호는 양정(襄貞)이다.
장의현의 호는 오류정(五柳亭)인데, 역시 무장으로 천거되었다. 1577년에 해남현감을 지냈으며, 1583년에는 부령부사로 니탕개(尼湯介)의 침입을 막았고, 1591년에 장흥부사가 되어 임진왜란 때에 공을 세우기도 하였다.

1) (태종) 17년(643년) 2월에 능연각에다 공신들의 초상을 그렸다. -《당서(唐書)》 권2 〈태종〉 본기
능연각은 장손무기·울지경덕·방현령·두여회·우세남·위징·이적 등 공신 24명의 초상을 그려 모신 곳이다. 태종이 친히 찬(贊)을 짓고, 염립본(閻立本)이 그림을 그렸으며, 저수량(褚遂良)이 능연각에 글을 썼다.

아들들이 그대로 가업을 이어 받아
막걸리에다 거친 밥으로 형님 아우 하네

將軍生遇大平世、　　節度功名豈足言。
匹馬獨衝驕虜陣、　　當時不閉塞垣門。
雄姿未畫凌煙閣、　　遺廟空留野水村。
胤子猶存舊家業、　　濁醪麤飯弟兼昆。

# 북방으로 부임하는 외삼촌 윤만호를 전송하다

## 送尹萬戶外舅北行

남녘 기러기 돌아가면 북쪽 변방이 추워지는데
삼삼파[1]는 얼어 붙은 구름 사이에 있네
요새와 성채가 대금국을 옆으로 갈랐는데
장백산에 기대어 오랑캐들은 날뛰네
천 리 밖으로 어찌 외삼촌을 보내랴
어머님도 세상을 떠나 구원(九原)에 계시는데
남과 북에서 서로 생각하며 서로 힘써야 하니
글짓기와 창칼 쓰기가 모두 한가지라네

南鴈初歸北塞寒。　　森森坡在凍雲間。
關城橫截大金國、　　虜騎憑淩長白山。
千里那堪送舅氏、　　九原況復隔慈顏。
相思兩地還相勉、　　翰墨弓刀業一般。

■
1) 함경도 경성에 있던 진보(鎭堡)의 이름인데, 만호(종4품)가 주둔하였다.

# 계용에게 답하다

## 答季容

1.

쑥대밭 세 이랑도 만족하게 여기니
티끌세상이 날 몰라준다고 어찌 말하랴
득실은 하늘에 달리고 분수도 정해졌으니
잘되고 못되는 것이야 운명이지 사람이 어찌하랴
문 앞에 귀한 손님이[1] 끊어진 지도 오래고
책상 위의 월로시(月露詩)[2]도 보지 않는다네
대나무 바깥의 산들바람이 낮꿈을 끌어다 주어
금강의 고깃배를 잠시나마 타고 놀았네

蓬蒿三畝亦安之。 敢曰塵埃莫我知。
得失在天皆分定、 窮通由命豈人爲。
門前久絶輕肥客、 案上休看月露詩。
竹外小風牽午夢、 錦江魚艇暫尋追。

■

1) 경비(輕肥)는 "가벼운 갖옷을 입고 살진 말을 탄다[衣輕裘, 乘肥馬]"는 뜻이다.
2) 남조(南朝)시대 제(齊)나라와 양(梁)나라에서 유행하던 문체인데, 아름다운 표현을 많이 썼지만 내용은 없었다.

2.

십 년 동안 표연히 두목지[3]처럼 살아
술집 풍류를 모든 사람이 알았네
떠돌아다니던 자취가 이제는 다 꿈이 되었으니
거문고 타는 일밖에는 아무것도 하지를 않네
문 닫고 고요하게 살며 날마다 잠만 자는데
친한 벗이 시를 보내 주니 참으로 반가워라
그대의 기력을 볼수록 날아 움직이니
굴원(屈原) 가의(賈誼)의 경지를 힘써 좇아가시게

十載飄然杜牧之。　酒樓歌鼓萬人知。
伊今浪迹還如夢、　除却鳴琴摠不爲。
閉戶寂寥長日睡、　良朋珍重數篇詩。
看君氣力闘飛動、　屈賈門墻勉勉追。

■

3) 171쪽 각주 2) 참고.
양경우가 지은《제호시화(霽湖詩話)》에서도 "임백호가 번천(樊川)을 배워서 일세에 이름 높았다"고 하였다. 자순은 임제의 자이고, 번천은 두목의 호이다.

# 용성 광한루 술자리에서 주고받은 시
## 龍城廣寒樓酒席酬唱

1.

손님과 주인이 즐기는 자리에 속물은 드문데
온 누각에 나 말고는 모두들 시를 잘 짓네
난간 앞에 저문 산은 구름이 걷히고
맑은 햇빛이 사람을 밀어내 자리를 자주 옮기네
반은 깨고 반은 취해 밤이 이슥해진 뒤에
만나자 이별이라 꽃까지 지네
다리 옆의 수양버들 연기 어려 푸른데
한 가지 꺾어서 임에게 주고 싶어라

■

* 임제가 제주현감인 아버지 임진을 뵈러 제주도까지 갔다가 오는 길에 남원(용성)에 들리자, 손곡 이달·송천 양응정·옥봉 백광훈 등의 글벗들이 모여 광한루에 함께 올랐다. 먼저 임제가 시를 짓자, 이달·백광훈·양응정이 그 시에 차운하여 시를 지었다. 홍만종은《소화시평》에서 이 때 지은 시들을 이렇게 비평하였다.

"손곡이 일찍이 대방군(남원)에 노닐다가 백옥봉·임백호·양송암과 함께 광한루에 올랐다. 술자리에서 백호 임제가 먼저 율시 한 수를 지었다. (원문 줄임) 그러자 손곡이 차운하였다. ……또 옥봉이 차운하였다. ……또 송암이 차운하였다.

세상에서 전하는 말에 의하면, 이 여러 사람들이 광한루에서 놀던 때에 마침 나라의 초상을 만났다고 한다. 백호가 가(歌)자로써 운을 잡아 먼저 시를 지어서, 여러 사람들을 급하게 만들려고 하였다. 옥봉이 지은 '야금여가(野禽如歌)'의 구절은 그때 사람들이 모두들 압운을 잘하였다고 일러 주었다. 임백호의 시는 짙고도 아름다우며, 양송천의 시는 원숙하다. 손곡과 옥봉의 시는 당시(唐詩)에 아주 가깝다. 손곡의 시는 첫구와 끝구가 모두 보통이어서 옥봉의 시, 즉 첫구와 끝구가 모두 폭이 넓고도 청신한 것보다는 못하다."

賓主交懽俗物稀。 一樓除我摠能詩。
晩山當檻雲初斂、 淸景撩人席屢移。
半醉半醒深夜後、 相逢相別落花時。
橋邊楊柳和煙綠、 欲折長條贈所思。

2.

남포의 부드런 바람이 늦은 물결을 일으키고
연기 속의 수양버들은 푸르게 늘어졌네
산이 신선 고을을 나누어 누각이 아름다운데다
길도 벌판에 들어 들빛 더욱 짙구나
천 리 밖에서 다시금 서울을 꿈꾸느라고
고향 뒷동산 봄꽃들이 속절없이 저버렸네
맑은 술에다 작별 인사로 새 시를 지으니
이별가[1] 두어 가락보다 이 시가 좋아라

■

1) 원문의 이구(驪駒)는 검은색 말인데, 《시경》 일시(逸詩)의 제목이기도 하다. 이별의 정을 담은 노래라고 한다.

南浦微風生晩波。　　晴煙低柳碧斜斜。
山分仙府樓居好、　　路入平蕪野色多。
千里更成京國夢、　　一春空負故園花。
淸尊話別新篇在、　　却勝驪駒數曲歌。

# 주촌(朱村)의 운을 써서 경성 장구(長句)를 짓다

## 鏡城長句用朱村韻

북으로 가는 길에 큰 관문 여기가 경성이라
나그네 마음속에 고금의 정이 사무치네
황룡에서 한번 취하자는 장한 마음이 남아 있어[1]
단풍숲 늦가을에 이별이 한스러워라
천 리 길 떠도는 벼슬이 어찌 사업이랴
두어 편 시어로 공훈을 당하리라
가련케도 깨진 칼집 속에 외로운 칼이 들어 있어
상서로운 칼빛이 별을 찔러[2] 밤마다 밝아지네

北路雄關是鏡城。　客中多少古今情。
黃龍一醉壯心在、　紅樹晚秋離恨生。
千里宦遊何事業、　數篇詩語當勳名。
自憐破匣餘孤劍、　紫氣干星夜夜明。

■

＊ 주촌은 경성에 있는 지명이다.

1) 황룡은 중국 동북 지방에 있던 지명이다. 송나라 충신 악비(岳飛)가 "곧 바로 황룡부에 다달아 그대들과 함께 맘껏 마시리라"고 말했는데, 금나라를 쳐부수겠다는 뜻이다.

2) 77면에 있는 〈이 평사를 전송하다〉 주1)에서 설명되었다.

# 관원에게 바치다
## 呈灌園

정남(征南)의 막부에 베옷 차림의 사람이[1]
비단자리에 앉아서 자주 이를 잡았었지요[2]
젓가락 빌려[3] 전략을 이야기하면 늘 받아주시고
술잔 들어 시를 지으면 늘 화답하셨지요
변방 백성들은 농사 지어 편히 살기를 생각하고
열사들은 나라 은혜를 생각하며 채찍 잡겠다고 나섰지요
오 년 만에 공의 벼슬이 팔좌[4]에 올랐건만
변방에서 홀로 벼슬하다 보니 처량하외다

■

1) 지난 을해년(1575년)에 왜구가 소요를 일으켰는데, 공이 이때 호남을 지키기 위해 감사로 부임하였다. 그때 내가 포의(布衣)로 막부에 드나들었으므로 이렇게 말한 것이다. (원주)
포의(布衣)는 벼슬하기 전의 신세를 가리킨다.
2) 왕맹(王猛)이 화음산에 숨어 있었는데, (줄임) 환온(桓溫)이 관(關)에 들어오자 맹이 베옷을 입고 찾아갔다. 한편으로는 당대의 정사를 이야기하며 (또 한편으로는) 이를 잡으며 말했는데, 마치 곁에 사람이 없는 것처럼 하였다. -《진서(晉書)》 권114 〈왕맹〉
3) 장량(張良)이 한왕(漢王·유방)을 뵙자, 한왕이 마침 식사하다가 말했다. "그대가 나를 위해 초나라를 동요시킬 계획이 있느냐?" 그러자 장량이 "제게 젓가락을 빌려 주십시오. 대왕을 위해서 계산하겠습니다"라고 하였다. 이 시에서는 남을 대신하여 계획을 세운다는 뜻으로 쓰였다.
4) 동한(東漢) 때에 6조 상서와 영(令)·복야(僕射)를 8좌라고 했으며, 남북조시대에는 5조 상서와 2복야·1령을 8좌라고 하였는데, 모두 고관을 가리킨다.

征南幕府布衣人、　　捫蝨頻時坐綺筵。
借箸每容談壯略、　　引杯常許和淸篇。
邊氓樂業思高枕、　　烈士懷恩要著鞭。
五載明公官八座、　　宦遊關塞獨凄然。

# 허 어사가 나를 별해로 송별한 시에 차운하다

## 次許御史送我別害韻

밝은 시절에 무엇하러 반후[1]를 사모했던가
벼슬이 무거워 고산도 열두 역이나 되네[2]
금사슬 갑옷을 입겠다고 장한 뜻을 세웠건만
쇠한 모습에다 무명옷이나 걸쳤네
멀리 노니는 신세라 제 한 몸 돌볼 길도 없건만
외로운 휘파람 소리는 서울 떠난 시름 때문만은 아니라네
네 고을[3] 북쪽 바람이 고국 달에 불어오는데
국경 따라 망루에 오르기도 지쳤네

■

* 허 어사는 함경도 순무어사 허봉이다.
1) 한나라 명장 반초(班超)인데, 그가 일찍이 붓을 던지고 무예를 닦아 공훈을 세우고 정원후(定遠侯)에 봉해졌다.
2) 임제가 함경도 안변부 고산도 찰방으로 부임했는데, 실제로는 13역이 고산도에 속해 있었다. 고산도가 관할하는 13역은 남산·삭안·화등·봉룡·철관·양기·통달·애수·화원·주천·봉대·평원·덕산역이다.
3) 사군은 세종 때 서북 방면의 여진족을 막기 위하여 압록강 상류에 설치한 국방상의 요지인데, 이미 태조 때인 1416년에 여연군(閭延郡)을 설치하고, 세종 때인 1433년에 자성군(慈城郡)을 설치했으며, 1440년에 무창현(茂昌縣)을 설치하고, 1443년에 우예군(虞芮郡)을 설치하였다. 이로써 함경도 북방의 6진과 더불어 우리 나라의 북쪽 국경이 압록강과 두만강 상류에까지 미치게 되었다. 그러나 세종이 세상을 떠난 뒤에 북방 개척 사업이 제대로 추진되지 않고 사군을 유지하기 힘들게 되자, 1455년에 여연·무창·우예군을 폐하고 주민을 강계부와 구성부로 이주시켰으며, 1459년에는 자성군마저 폐하고 주민을 강계부로 이주시켰다. 그래서 이 지역을 폐사군이라 부르게 되었다.

淸時何用慕班侯。　官重高山十二郵。
壯志擬披金鎖甲、　殘形猶著木綿裘。
遠遊本絶資身策、　孤嘯非關去國愁。
四郡胡風吹漢月、　塞垣隨處倦登樓。

# 안시은에게 지어 주다
## 贈安市隱

내가 산수 사랑하는 줄 시은이 알아
하룻밤 산 이야기하다 보니 술 한 동이 다 비웠네
사혜(沙惠)[1] 천 그루 대숲이 뺨을 차갑게 하고
금강산 만 골짝 바람이 귀밑머리를 흩날리네
청정스런 지경은 한갓 몽상일 뿐이니
시비의 구렁 속에서 영웅도 늙어 가네
이곳에서 답답하게 어찌 오래 머물 수 있으랴
말 타고[2] 남쪽으로 가서 원공[3]을 찾으리라

市隱知余愛山水、　談山夜酌一尊空。
頰寒沙惠千竿竹、　鬢颯金剛萬壑風。
淸淨界中徒夢想、　是非坑裡老英雄。
安能鬱鬱久居此、　款段南歸訪遠公。

■

1) 《대동여지도》에 경상도 고령 땅에 사혜평(沙惠坪)이란 곳이 있지만, 이곳인지는 확실치 않다.
2) 원문의 관단(款段)은 걸음이 느린 말이다. 《후한서(後漢書)》 〈마원전(馬援傳)〉에 '어관단마(御款段馬)'라는 구절이 있는데, 주에 "관(款)은 완(緩)의 뜻이니, 말의 걸음이 느린 것을 가리킨다"고 하였다.
3) 동진(東晋) 때 여산에 은거해 있던 혜원(慧遠)을 원공이라 하였는데, 이 시에서는 고승을 가리킨다.

# 허씨네 시냇가 별당에서 하서의 시에 차운하다

## 許家溪堂次河西韻

세상 이야기가 나오면 저절로 불평스럽건만
낚싯대 들면 마음이 저절로 맑아지네
처마에 산자락 닿아 구름 모양을 구경하고
창문이 물결을 눌러 밝은 달빛을 얻었네
반가운 벗과[1] 등불 돋우며 밤 새워 이야기하니
어린 시절 죽마 탈 때부터 십 년이나 정들었네
나도 이제 쌍봉 위에다 집 지을 생각이니
한량없는 풍광을 그 누구와 다투랴

說到人間自不平。 釣竿生事意偏淸。
簷臨列岫看雲態、 窓壓微瀾得月明。
靑眼挑燈一夜話、 紅顔騎竹十年情。
儂今擬築雙峯上、 無限風煙更孰爭。

■

* 하서는 김인후(金麟厚, 1510-1560)의 호이다.

1) 원문의 청안은 반가운 벗을 뜻한다.
진(晉)나라 때에 죽림칠현의 한 사람이었던 완적이 상을 당하였는데, 혜희(嵇喜)가 찾아와 문상하자 흰 눈으로 흘겨보았다. 백안시(白眼視)라는 말은 여기에서 나왔다. 그러나 그의 아우인 혜강(嵇康)이 술과 거문고를 가지고 찾아오자 검은 눈으로 맞아들였다. 백안시와는 반대로, 반갑게 맞는다는 뜻이다.

# 동헌의 일을 기록하여 허미숙에게 부치다
## 縣齋書事寄許美叔

공무를 마치면 검은 건 쓰고 서재에 앉아
저녁 향불 갈 때면 물이 재에 잠기네
사마상여는 삼 년 동안 병을 안고 지냈고[1)]
방통은 백 리만 맡길 재목이 아니었지[2)]
벽오동에 가을이 드니 궂은비도 걷히고
바다가 산에 잇닿아 있어 이상한 새가 날아오네
서루(西樓)에서 어젯밤 꿈에 외로운 배를 타고
갈대숲 안개 낀 낚시터를 찾아 놀았다네

■

* 해남현에서 지었다. (원주)
  임제가 34세(1582년)에 해남현감으로 부임하였다. 가장 친한 친구인 허봉(許篈)에게 보낸 시인데, 미숙은 허봉의 자이다.

1) 원문의 마경(馬卿)은 자가 장경(長卿)인 사마상여를 가리킨 말이다. 그가 효문원령(孝文園令)으로 있다가 소갈증(消渴症) 때문에 한가롭게 쉬었는데, 임제도 역시 폐병을 앓았으므로 이렇게 말한 것이다.
2) 삼국시대 양양 사람인데, 사마휘가 그를 봉추(鳳雛) 선생이라고 불렀다. 촉한(蜀漢) 황제 유비가 그에게 뇌양현을 맡아 다스리게 했더니, 그는 늘 술에 취해 있으면서 정사를 돌보지 않았다. 그러자 노숙(魯肅)이 유비에게 편지를 보내어, "방통은 백 리의 재목이 아니다"고 하였다. 이 시에서는 허봉이 재주보다 벼슬이 낮은 것을 탄식한 표현이다.

公退烏巾坐小齋。　　　夕薰初換水沈灰。
馬卿猶抱三年病、　　　龐統元非百里材。
秋入碧梧蠻雨霽、　　　海連青嶂怪禽來。
西樓昨夜孤舟夢、　　　蘆葦煙深舊釣臺。

# 즉흥적으로 짓다

## 卽事

세상 인연을 사절하고 잠시 산마을에 들러
돌평상에 둘러앉으니 형과 아우가 다정해라
스님도 자리에 들어 절간이 적적해지자
대숲에 내리는 빗소리에 나그네 잠 못 이루네
만 리를 헤매이느라 녹봉[1] 받기도 지리한데
금대(琴臺)[2]의 소갈병이 벌써 삼 년이나 되었네
남은 생애도 어찌 공명 누릴 몸이랴
강호로 돌아가서 밭이나 갈아야겠네

暫向山居謝世緣。　石床淸晤弟兄聯。
禪關寂寂僧初定、　竹雨蕭蕭客未眠。
斗粟支離身萬里、　琴臺消渴病三年。
殘生豈是功名骨、　湖上歸耕數畝田。

■

1) 원문의 두속(斗粟)은 녹봉이 적은 하급 관리를 가리키는 말이다. 《진서(晉書)》〈도잠전(陶潛傳)〉에 의하면, 도연명이 팽택현령으로 있을 때에 독우(督郵)가 들러 절하게 하자, "오두미(五斗米)의 녹봉 때문에 허리를 굽히고 향리의 소인 앞에 나아갈 수 없다"고 하면서 벼슬을 내버렸다.
2) 한나라 문장가 사마상여가 거문고를 잘 타서 과부 탁문군을 유혹했는데, 그의 집에 금대가 있었다. 이 시에서는 임제가 폐병을 앓고 있었으므로 이렇게 표현하였다.

# 벽제역 시에 차운하다
## 次碧蹄韻

사신의 수레[1] 이끌고 들판으로 함께 나와
조촐한 송별연을 산역에 마련했네
이 나라에 남기고 가는 것은 외로운 저 달 하나
이별 이야기가 나오자 술 한 잔을 다시 하네
눈물 어린 눈을 들어 물끄러미 바라보니
좋은 소식이 어디에서 돌고돌아 오려나
밤이 들면 더욱 서글퍼지니 어떻게 견디랴
단풍잎이 바람 따라 술잔을 스쳐 가네

共挽星軺野外來。 山郵草草餞筵開。
分留絶國唯孤月、 說到生離更一杯。
淚眼此時看脉脉、 好音何處道回回。
那堪入夜增怊悵、 霜葉隨風度謝罍。

■
* 벽제역: (고양)군 동쪽 15리 되는 곳에 있다. 중국 사신이 서울에 들어오기 하루 전에 이 역에서 반드시 유숙한다. -《신증 동국여지승람》 권11 〈고양군〉 역원조
1) 천자의 사자를 성사(星使)라고 하므로, 그가 타는 수레를 성초(星軺)라고 부른다.

# 상토진
## 上土鎭

구불구불한 이판(梨坂)길에 아득히 구름이 얽혔는데
골짜기가 열리면서 들어갈수록 트이네
백 첩 성벽 위에는 호랑이나 다니는 길이 있는데
산 한 겹이 오랑캐 하늘을 가로막았네
변방의 땅을 맘껏 치달려도 몸은 아직 건장한데
누란[1]의 목을 베지 못해 기가 막히네
〈음부경〉[2] 삼백 자를 다 읽고 났건만
딱따기[3] 치는 소리에 잠 못 이루네

■

* 상토보(上土堡)는 (평안도) 강계부 북쪽 100리에 있다. 석성(石城)인데, 둘레 530척에 높이 4척이고, 군창(軍倉)이 있다. -《신증 동국여지승람》 권55 〈강계도호부〉 관방조

1) 실크로드에 있는 서역의 나라이다. 한나라 무제(武帝) 때에 여러 차례 사신을 시켜 대완국(大宛國)과 통하였는데, 누란이 항상 길을 막고 사신을 공격하였다. 그래서 소제(昭帝)가 즉위하자 부개자(傅介子) 장건(張騫)을 보내어 그 왕을 죽였다.
2) 황제(黃帝)가 지었다고 하는 병서(兵書)인데, 그 경문이 384자이므로 흔히 삼백자라고 말한다. 귀곡자(鬼谷子)와 제갈량을 비롯한 여섯 사람의 주(註)가 있다. 《수서(隨書)》〈경적지(経籍志)〉에는 《태공음부금록(太公陰符鈐錄)》과 《주서음부(周書陰符)》가 실려 있는데, 후대에 와서 《주서음부》는 병가(兵家)로, 《태공음부》는 도가(道家)로 분류되었다.
3) 겹문을 만들고 딱따기를 쳐서 사나운 손님(도둑)을 막으니, 대개 예괘(豫卦)에서 취한 것이다. -《주역》〈계사(繫辭)〉
야경꾼이 딱따기를 쳐서 도둑을 경계했다.

盤盤梨坂遠縈雲、　洞口初開稍豁然。
百堞城當豺虎逕、　一重山隔犬羊天。
窮馳絶塞身猶健、　未斬樓蘭氣欲塡。
讀罷陰符三百字、　數聲高拆不能眠。

# 운암
## 雲菴

봉우리가 하늘을 받쳐 옥이 우뚝 솟았으니
기나라 사람이 하늘 무너질까봐 부질없이 걱정했네[1)]
붉은 잎새가 찬물에 떨어져 숲이 성겨지고
푸른 이끼가 등나무에 얽혀 길이 미끄러워라
천고에 저 구름은 세상 밖의 취미인데
덩굴 사이로 달빛 비치는 암자에는 스님이 입정(入定)했네
십 년 화택[2)]에 번뇌가 많아
공문[3)]으로 나아가서 대승[4)]이나 물어 보려네

■

1) 기(杞)나라의 어떤 사람이 하늘이 무너지고 땅이 꺼지면 몸 붙일 곳이 없을까봐 걱정되어, 먹고 자는 것을 다 잊었다. -《열자》
2) 번뇌와 고통에 찬 속세를 불 타고 있는 집에 비유한 말이다. 《법화경》 〈비유품〉의 "삼계(三界)에는 평안함이 없어서, 마치 불 타고 있는 집과도 같다. 많은 고통이 가득 차있어 매우 두렵다. 항상 생로병사(生老病死)의 우환이 있다"는 구절에서 나온 말이다.
3) 절간을 가리키는 말이다.
4) 승(乘)은 배나 수레에 실어서 운반한다는 뜻이다. 소승(小乘)이 개인적인 해탈을 위한 교법(教法)인데 반하여, 대승은 인간 세상을 전반적으로 구제하려는 데에 목적을 두고 있다. 《법화경》 〈비유품〉에 "중생들이 부처님이나 세존(世尊)을 따라서 법을 듣고 믿음으로 받으며, 부지런히 닦고 정진하여, 일체지(一切智)·불지(佛智)·자연지(自然智)·무사지(無師智)·여래지견(如來知見)·력(力)을 구하여 두려움이 없으며, 안락(安樂) 무량(無量)하여 중생의 이익과 천인(天人)의 도탈(度脫) 일체를 염원하는 것을 대승(大乘)이라고 한다"고 하였다. 제불(諸佛)의 최대 경지에 이 승(乘)이라야만 도달할 수 있으므로 대승이라 하며, 중생의 큰 괴로움을 없애고 큰 이익을 주므로 대승이라고 한다.

峯勢支天玉作嶒。　區區杞國謾憂崩。
林跡紅葉墮寒水、　逕滑蒼苔縈古藤。
千古嶺雲方外趣、　一菴蘿月定中僧
十年火宅多煩惱、　欲向空門問大乘。

# 동고 만사
## 挽東皐

원길[1] 상공이 이제 계시지 않으니
초당 효자가 무슨 은혜로 절하랴
충성스런 상소문은[2] 선견지명으로 추앙받고
바른 학문은 뒷사람에게 길을 열어 주었네
선학[3]이 날아가자 나라가 병들고
방아찧기를 멈추자[4] 일이 많이 생겼네
산에 사는 이 사람도 슬픔이 오래 사무쳐
춘성을 혼자 지나면서 눈물이 수건을 적시네

■

* 판본에는 제목이 〈만(挽)〉이라고만 되어 있는데, 첫 구절에 원길(原吉)이라는 자가 나온 것을 보아 제목을 〈만동고(挽東皐)〉라고 바로잡았다.

1) 이준경(李浚慶, 1499-1572)의 자가 원길(原吉)이고, 동고(東皐)는 호이다.

2) 영의정 이준경이 죽음을 앞두고 올린 상소문에서 조정에 동서(東西) 붕당이 일어날 것을 염려하였다.

3) 정령위(丁令威)는 한나라 요동 사람인데, 도술을 배워 학으로 변했다. 성문의 화표주(華表柱)에 날아와 앉았는데, 누군가 활로 쏘려 하자 한 편의 시를 읊고 떠났다.
정령위가 새가 되었는데
집 떠난 지 천 년 만에 비로소 돌아왔네.
성곽은 옛 그대로건만 사람은 같지 않으니
어찌 선(仙)을 배우지 않아서 무덤만 총총한가.

4) 백리해(百里奚)가 진나라 목공(穆公)에게 등용되어 많은 공을 세웠는데, 그가 세상을 떠나자 백성들이 슬퍼하여 방아 찧는 소리까지도 그쳤다.

原吉相公今不在、　　草堂孝子拜何恩。
忠言一疏推先見、　　正學千年啓後人。
漢鶴弔迴邦已瘁、　　秦春輟後事多新。
巖棲久切云亡痛、　　獨過春城淚滿巾。

# 무제
## 無題

술집의 풍류가 자취조차 없어졌으니
크게 세웠던 뜻도 적막해져 나무꾼이나 고기잡이에 부쳤네
높이 오른 옛친구들은 소식이 끊어지고
물가 대숲의 새 살림은 생계가 성글어라
소소(蘇小)는 가난한 맹호연을 깔보았지만[1)]
탁문군은 병든 사마상여를 오히려 떠맡았네
옥적[2)]에 이름 오르면 만나보기 어려우니
애간장 다 끊어져 한 치나 남으랴

酒肆風流跡已虛。　　雄心寥落寄樵漁。
雲霄舊識音書斷、　　水竹新居契濶踈。
蘇小縱輕貧孟浩、　　文君猶托病相如。
名編玉籍團圓少、　　割盡柔腸一寸餘。

■

1) 소소(蘇小)는 옛날 항주의 이름난 기생인데, 소소소(蘇小小)라고도 한다. 맹호연은 당나라 시인인데, 몹시 가난하였다.
2) 신선의 장부이니, 옥적(玉籍)에 이름이 오르면 세상을 떠나게 된다.

# 죽은 딸의 만사
## 亡女挽

네 아비가 지난해 흥양으로 부임하느라[1]
서울 가을바람에 오마[2]가 바삐 떠났지
슬하의 목소리와 모습이 늘 아리따웠건만
인간 세상에서 이별하고 보니 이제는 망망해라
달 밝은 빈 산에는 잔나비 울음 애달프고
골짜기에 찬서리 내려 난초 잎이 시들었구나
시집가던 날 돌아보며 못내 그리더니
저승에 가면 그 어디서 어미를 불러 보랴

汝爺前歲赴興陽。 京國秋風五馬忙。
膝下音容常婉婉、 人間離別此茫茫。
猿聲夜苦空山月、 蕙葉寒凋一壑霜。
結褵當時猶顧戀、 九原何處更呼孃。

■
1) 임제가 1584년 즈음에 흥양현감으로 부임하였다.
2) 네 마리 말이 수레를 끄는 것이 관례인데, 오직 태수로 나가는 경우에는 말 한 마리를 덧붙였다. 그래서 오마(五馬)라고 한다. -《한관의(漢官儀)》
이 뒤부터 오마(五馬)는 지방 수령을 가리키는 말로 쓰였다.

# 조정으로 돌아가는 순무사 허봉에게 지어 주다

## 贈別許巡撫篈還朝

어사는 옛날의 수의 벼슬이니[1)]

유선이 잠시 봉황성을 떠나 왔었네[2)]

동호[3)]의 꽃과 새들은 시름이 잠시 줄어들었고

북방의 백성들은 물망이 오래 쏠렸었지

띠 지붕과 푸른 모종은 열 글자의 역사이고[4)]

농운(隴雲)과 관설(關雪)은 일 년의 노정일세[5)]

■

* 순무사는 지방에 변란이나 재해가 있을 때에 왕명으로 지방을 돌아다니며 사건을 수습하는 임시 관직이다. 허봉이 1578년에 함경도 순무어사로 나갔다가, 이듬해 조정으로 돌아갔다.

1) 한나라 무제 때에 임금의 명을 받들고 나가는 관원에게 수의(繡衣)를 입혔다. 암행어사를 수의어사, 또는 수의사또라고도 불렀다.

2) 봉황성은 봉황지가 있는 왕궁이고, 유선(儒仙)은 허봉을 가리킨다.

3) 동호는 지금 동호대교 쪽의 한강 이름인데, 그곳에 독서당이 있었다. 허봉이 1573년에 사가독서(賜暇讀書)로 동호에 있다가 함경도 순무어사로 나갔으므로 이렇게 표현하였다.

4) 허봉이 경흥 압호정(狎胡亭)에서 시를 지었는데, "띠 지붕 밑에서 해를 넘기며 병 앓았는데, 푸른 모종엔 하룻밤 사이 서리가 내렸구나[白屋經年病, 靑苗半夜霜.]"(라는 구절을 보고) 임제가 크게 칭찬하였다. 그 운에 화답해 시를 지으려고 했지만, 하루내내 애써 말을 찾아도 잘 되지 않았다. 그래서 그 뜻을 시에 붙여 말하길, "띠 지붕과 푸른 모종은 열 글자로 된 역사일세[白屋靑苗十字史]"라고 하였다. 그 셋째와 넷째 구절이 사실을 기록하였기 때문에 그렇게 말한 것이다. -허균 《학산초담》

5) 농운은 북방의 구름이고, 관설은 눈이 쌓인 관문이다. 함경도 순무사 허봉이 북방 변경을 1년이나 돌아다녔다는 뜻으로 이렇게 표현하였다.

생양(生陽)의 절기를[6] 따라 조정으로 돌아가니
벽해[7]로 가자던 기약을 못 이룰까 두려워라

御史古之繡衣吏、　　　儒仙暫別鳳凰城。
東湖花鳥愁全減、　　　北地夷民望久傾。
白屋靑苗十字史、　　　隴雲關雪一年程。
還朝更趁生陽節、　　　碧海心期恐未成。

■

6) 동지부터 양기(陽氣)가 생겨난다.

7) 〈해내십주기(海內十洲記)〉에 부상(扶桑)은 동해의 동쪽 언덕에 있고, 그곳에 또 벽해(碧海)가 있다고 하였다.

# 기행
## 紀行

거문고에 보검이면 길차림이 넉넉하건만
바둑판과 찻잔으로 세상 일이 사그러졌네
한강 어구에 지는 해는 기러기 따라 돌아가고
광릉의 연기와 달도 스님 따라 한가로워라
파강[1]의 비바람이 외로운 배에 몰아치니
용포[2]의 솔숲 대숲이 하룻밤 내내 차가워라
어촌에서 술 사 마시니 계절 더욱 아름다운데
옥경[3]으로 돌아가는 길이 구름 사이로 보이는구나

瑤琴寶劍行裝足、　碁局茶甌世事殘。
漢口夕陽隨鴈去、　廣陵煙月伴僧閑。
巴江風雨孤帆急、　龍浦松篔一夜寒。
賒酒漁村又佳節、　玉京歸路冷雲間。

■

1) 양천 쪽의 한강이다.
2) 용산 갯가이다.
3) 옥황상제가 있는 신선 세계의 서울을 백옥경(白玉京)이라고 했는데, 이 시에서는 한양을 가리킨다.

# 어떤 사람
## 有人

우주 사이에 육 척 몸을 간직하고
취하면 노래하다 깨면 우스개소리 하니 세상이 꾸짖네
마음이 어리석으니 육운의 병을[1] 면키 어렵고
생계가 조촐해 원헌의 가난을[2] 사양치 않네
풍진 속의 벼슬은 잠시 굽힌 것이니
강해의 저 갈매기와 누가 끝내 어울리려나
나그네 방에서 밤마다 고향 꿈 꾸며
찻집과 어촌의 옛이웃들을 찾아다니네

宇宙昂藏六尺身。　醉歌醒謔世爭嗔。
心癡難免陸雲病、　計拙不辭原憲貧。
烏帽風塵聊暫屈、　白鴟江海竟誰馴。
客窓夜夜鄕園夢、　茶戶漁村訪舊鄰。

■

1) 육운(陸雲)은 육조시대 오(吳) 땅 사람인데, 웃기 잘하는 병이 있었다. 한번은 상복을 입고 배를 탔는데, 자기 그림자가 물에 비치는 것을 보고 웃다가 물에 빠지기도 하였다. 여기서 육운의 병이란 예절을 지키지 못한다는 뜻으로 썼다.
2) 원헌(原憲)은 공자의 제자인데, 몹시 가난하였다. 지붕이 새어 옷이 젖는데도, 그는 태연히 앉아서 거문고를 타며 노래를 불렀다.

# 칠언고시

## 정축년 정월 초이튿날 산을 나와 초나흗날 선생께 하직 인사를 올리고 장암동 김원기의 집에서 유숙하는데 사원·이현·인백이 찾아와서 송별하였다 이에 감회를 읊어 칠언 10구를 만들었다

丁丑新正初二日出山初四日拜辭先生宿于藏巖洞金遠期家士元而顯仁伯來別詠懷之作因成七言十句

소치(嘯癡)의 길차림은 거문고와 칼인데
대곡 선생 하직하고[1] 강남으로 돌아가네
장암동[2] 안에 벗이 살고 있어
닭 잡고 밥을 지어 갈 길을 붙드네
사립문에서 지는 햇살 속에 함께 웃다가
두어 간 서재로 구름 헤치며 들어섰네
날씨가 추워져 시냇길에 눈발이 내리는데
좋은 벗님 세 사람이 멀리서 전송나왔네
촌 막걸리를 나그네에게 넘치도록 따르고
술자리에서 오가는 건 태고적 이야기뿐일세

■

1) 임제가 25세인 1573년에 속리산 종곡으로 대곡 성운을 찾아가 뵈었으며, 정축년인 1577년에 그를 떠났다. 성근이 을사사화에 걸려 화를 당하자 그 아우 성운이 처가가 있던 보은읍 종곡리로 내려와 숨어 살았는데, 처남 김천부와 함께 살던 기와집에다 1887년에 후학들이 모현암(慕賢庵)이라고 현판을 걸었다. 성족리에는 성운의 묘소와 묘갈이 있다.

2) 보은군 탄부면에 장암리가 있다.

푸른 등불에 고요한 자리가 바다같이 어두운데
적막한 심사는 산 속의 암자 같아라
오늘 아침 헤어지면 또 만 리를 갈 테니
유유한 이 내 한을 어찌 감당하랴
인생이 만났다 헤어지는 것이 참으로 이와 같다고
말등에 뛰어올라 웃으면서 가니 참으로 기이한 사낼세
그대는 보게나 세상 아녀자들의 이별을
눈물에 슬픈 말 섞어서 부질없이 지껄인다네
석 자 칼과 한 치 마음
장부의 속마음을 그 누가 알랴

行裝琴劒嘯癡者、　拜辭大谷歸江南。
藏巖洞裡故人在、　殺鷄爲黍留征驂。
柴扉殘照共一笑、　數間書屋披雲嵐。
天寒溪路暝雪下、　遠于相送良朋三。
村醪侑客酌細細、　坐中除有羲皇談。
青燈孤榻夜如海、　寂寞心事猶山庵。
今朝離別又萬里、　此恨悠悠何以堪。
人生聚散固如此、　躍馬笑去眞奇男。
君看世上兒女別、　淚和悲語空喃喃。
劍三尺心一寸、　烈丈夫懷誰得諳。

# 길 가기 어려워라

## 行路難

길 가기 어려운 걸 그대는 보지 못했던가
무주와 진안 산골짜기 속에
높은 곳은 하늘까지 닿을 듯하고
낮은 곳은 땅속까지 꺼진 듯해라
벼랑에 기대어 만 길 아래를 굽어보니
한 걸음 떼는 것이 천 리만큼이나 시름겨워라
아직 한낮이건만 해는 봉우리에 가리우고
저녁도 되기 전에 길손이 끊어지네
따뜻해지면 진흙탕 길 추워지면 얼음길
얼음길에 미끄러지고 진흙길에 빠지네
범과 표범은 산에 있고 용은 물에 있으니
길 가기 어려운 걸 이루 말할 수 없구나
한 치 되는 사람 마음속도 구의산[1] 길이니
길 가기가 말할 수 없이 어렵다고 그대는 말하지 말게나

■

* 백거이(白居易)의 시 〈태항로(太行路)〉에, "길 가기 어렵네. 산보다 어렵고, 물보다 험하네[行路難, 難於山, 險於水.]"라고 하였다. 《악부》 가사에 〈행로난〉이라는 제목이 많은데, 이백이 지은 〈행로난〉이 가장 유명하다.

1) 구의산은 봉우리가 아홉인데, 봉우리가 다르면서도 모습이 비슷하다. 구경하는 사람들이 현혹되므로 이름을 구의산이라고 하였다. -《수경주(水經注)》
구의산은 중국 호남성에 있는 산 이름이다.

君不見行路難、 茂朱鎭安山峽裡。
高者如梯天、 下者如入地。
緣崖俯萬仞、 寸步愁千里。
停午日隱峯、 未夕行人絶。
暖則泥融寒則氷、 氷滑易顚泥陷沒。
虎豹在山龍在水、 行路之難不可說。
人心方寸有九疑、 君莫道行路之難不可說。

땅 기운이 늘 따뜻해서 눈이 내리면 바로
녹는데 한라산만은 천 길이나 쌓여 하얗다
그래서 동부(洞府)의 신선세계를 찾는 일은
봄으로 기약하고 사선요(思仙謠)를 지었다

地氣常暖雪落便消而漢拏一山積縞千丈故洞府
尋眞春以爲期乃作思仙謠

꿈 속에 황학을 타고 영주[1]를 찾아가니
그곳 신선께서 날 보고 읍하시네
별모자에다 노을노리개를 달고 구름무늬 옷을 입었는데
좁쌀 모양의 금단[2]을 내게 주었네
경루[3]에서 다시 놀기로 뒷날을 약속했건만
벽도화 시들자 천 년이 지났구나

夢騎黃鶴尋瀛州、 中有仙人見我揖。
星冠霞珮繡雲衣、 贈我金丹如粟粒。
瓊樓他日約重遊、 碧桃花老千千秋。

■

* 〈사선요(思仙謠)〉는 신선 세계를 생각하는 노래이다. 눈 때문에 한라산에 오르지 못하고, 신선을 꿈 속에서 만났다고 생각하며 지은 시이다.
1) 영주·방장·봉래를 삼신산이라고 하는데, 그 가운데 영주는 한라산이고, 방장은 지리산, 봉래는 금강산이다.
2) 그 가운데 백옥과 단속(丹粟)이 많다. (주) 가느단 단사(丹砂)는 마치 좁쌀 같다. -《산해경(山海經)》〈남산경(南山經)〉
금단(金丹)은 옛날 방사(方士)가 금을 단련해서 만든 환약인데, 이 약을 먹으면 불로장생한다고 한다.
3) 백옥루라고도 하는데, 신선들이 사는 곳이다.

# 청강사
## 淸江詞

흐르는 강물이 가도가도 끝없어
이끼보다 푸르고 하늘같이 맑구나
붉은 옷 입은 사람이[1] 역마를 멈췄으니
나의 발을 씻으리라 창랑의 물에다[2]
옥절[3]을 따라서 용성에 이르자
낙화는 흩날리고 방초는 돋아나네
교룡갑이 영락했으니[4]
왕도와 패도를 배웠대야 어디에 쓰랴
이 몸은 변방에서 말을 달리다가
하늘가의 흰 구름만 바라보네
고향에서 노던 시절[5] 생각해 보니
날 알아주던 친구들이 아직도 그리워라

■

1) 관원이 입던 옷이다.
2) 창랑의 물이 맑으면 내 갓끈을 씻고, 창랑의 물이 흐리면 내 발을 씻으리라. -《맹자》〈이루(離婁)〉 상
3) 옥으로 만든 부절(符節)인데, 왕명을 받고 파견되는 관원의 행차를 가리킨다.
4) 평생 들던 백우선과
교룡갑이 영락하였네.
平生白羽扇, 零落蛟龍匣. -두보 〈팔애시(八哀詩)〉
고관의 죽음을 가리키는 말이다.
5) 내 종제(從弟) 소유(少游)는 늘 내가 비분강개하며 큰 뜻을 지닌 것을 슬퍼하면서 이렇게 말하였다. "선비가 세상에 태어나 의식(衣食)이나

바람이 물을 스쳐 비단물결 이뤄지고
번뇌를 씻어내니 심혼이 맑아지누나
백석을 노래하며[6] 눈을 들어 보니
해가 뉘엿뉘엿 서쪽으로 넘어가네

■

넉넉하게 갖추고, 하택거(下澤車)를 타며, 느린 말을 부리고, 고을의 아전이 되어, (조상의) 무덤이나 지키면서 고향 사람들에게 '착한 사람'이라는 말이나 들으면 되지 않겠습니까." -《후한서(後漢書)》〈마원전(馬援傳)〉

하택거는 늪지대에 다니기 편한 수레이다. 원문에서 '소유의 하택'이란 말은 소유가 큰 뜻을 품지 않고 고향에서 하택거나 타며 즐기던 생활을 뜻한다.

6) 솟구치는 물결에
흰 돌이 선명하게 씻겼네.
흰 옷에 붉은 깃 달고
곡옥으로 가서 그대를 따르리라.
이미 군자를 뵈었으니
어찌 즐겁지 않으랴.
揚之水, 白石鑿鑿.
素衣朱襮, 從子于沃.
旣見君子, 云何不樂. -《시경》〈양지수(揚之水)〉
《시경》에서는 힘 없는 물이 흰 돌에 부딪쳐 솟구쳐 봐야 단단한 흰 돌만 도리어 깨끗해진다는 뜻으로 노래했는데, 진나라 소후의 나약함을 풍자한 시이다.

江之流兮去無窮、　綠於苔兮淸若空。
朱衣人兮停驛騎、　濯余足兮滄浪水。
隨玉節兮到龍城、　落花飛兮芳草生。
蛟龍匣兮零落、　王伯學兮何施。
身紫塞於征鞍、　望白雲於天涯。
憶少游之下澤、　猶戀戀於遇知。
風行水兮縠紋成、　滌煩惱兮心魂淸。
歌白石兮揚眉、　日窅窅兮西馳。

## 흉년 든 백성들을 구제하는 일로 외진 마을들을 돌아다니다가 태천 지경에 이르렀는데 일흔살 된 늙은이가 아흔살 난 어머니를 받들어 모셨다 이를 보고서 느낌이 있어 사실을 기록하였다

以救荒事行遍窮村到泰川境見七十歲老翁奉九十慈親感而紀事

태천읍 서쪽으로 옛 원[1]의 동쪽으로
한 굽이 시내를 돌자 오두막집[2]이 있네
사립문은 낮에도 닫히고 연기도 끊어졌는데
어머니 나이 아흔에다 아들도 백발일세
산나물에 도토리도 광주리를 못 채우니
어머니와 아들이 어떻게 보릿고개를 넘기려나
굶주림을 함께 참으며 천륜을 보전하니
소매를 끊고 헤어지는 일이 얼마나 한스러운가

■

1) 공적인 임무를 띠고 지방에 파견되는 관리나 상인 등 공무 여행자에게 숙식 편의를 제공하던 공공 여관이다. 흔히 역(驛)과 함께 설치되었다. 조선시대에 1,310개소의 원(院)이 설치되었으며, 부근에 사는 주민 가운데 승려·향리·관리 등이 원주가 되어 운영하였다. 원의 건물은 거의 다 없어졌고, 현재는 이태원·퇴계원·조치원·장호원 등의 지명에만 그 자취가 남아 있다.
평안도 태천현에는 현 서쪽 23리에 퇴여원(退餘院)이 있었고, 현 동쪽 18리에 와동원(瓦洞院)이 있었으니, 이 시에 나오는 원은 아마도 퇴여원인 듯하다.
2) 원문에는 경(磬)자가 '다할 경(罄)'자로 되어 있지만, '경쇠 경(磬)'자로 고쳐야 맞다. 현경실(懸磬室)은 경쇠를 매단 것처럼 조그만 오두막집을 가리킨다.

나그네가 그대들을 보고 잠시 머물러 서서
따뜻한 봄볕 받으며 눈물을 흘리네

泰川縣西古院東、　一曲溪回懸磬室。
柴扉晝閉斷無煙、　母年九十兒白髮。
山蔬橡實不盈筐、　兒母將何度春日。
同飢猶自保天倫、　何恨人間斷裾別。
征夫見爾立斯須、　獨對春暉淚如血。

## 백호속집

《백호집》은 4권으로 간행되었는데, 1·2·3권이 시이고, 제4권은 산문이다. 원집 이외에 전하는 글들을 임형택 교수가 모아서 《백호속집》 3권을 엮었는데, 이 가운데 제1권이 시이다. 그 가운데서 몇 편을 뽑고 여기에도 실리지 않은 4편을 역자가 덧붙여 번역하였다.

白湖
林悌

# 거문고 타는 사람에게
## 贈琴客

청루[1]에 푸른 버들 비치는데
안에 거문고 타는 사람이 있네
저 사람을 따라가서
〈고난곡〉[2] 한 곡조를 듣고 싶어라

青樓映綠楊、　　中有彈琴客。
我欲往從之、　　一聽孤鸞曲。

■

1) 기생집이다.
2) 부부간의 이별을 노래한 거문고 곡조인데, '(짝 잃어) 외로운 난새의 노래'라는 뜻이다.

## 유우경에게

## 贈柳虞卿

글 배우다 이루지는 못하고
청루 아래만 오가네
맑은 밤에 고요히 앉아서
거문고나 타는 게 가장 좋겠네

學書不成去、　來往青樓下。
莫如携玉琴、　靜坐彈淸夜。

# 법주사
## 法住寺二十咏

### 두 줄기 맑은 시내
兩派澄川

한 줄기는 복천동에서
한 줄기는 대암연에서
푸른 바위 가로 흘러드니
산 나그네가 놀라서 잠을 자주 깨네

一自福泉洞、　一自大菴淵。
流入碧巖邊、　頻驚山客眠。

### 산호전
珊瑚古殿

산호전 앞에는 고려의 구름
산호전 위에는 신라의 달
황금으로 빚은 장육불상(丈六佛像)
스님들 말로는 미륵불이라네

■
* 《회진임씨세고(會津林氏世稿)》에 8수가 실려 있다.

殿前麗代雲、　　　殿上新羅月。
丈六黃金軀、　　　僧言彌勒佛。

**만세 다박솔**

萬歲矮松

뜨락에 한 그루 소나무
잎사귀가 봄에 죽지를 않네
늙은 용이 꿈틀거리듯
바람과 서리를 굳세게 견디어 오네

庭除一株松、　　　葉間春不死。
虯龍老屈盤、　　　强項風霜裡。

# 스님의 시축에 차운하다
## 題僧軸 二首 次韻

구름 사이 산골로 짚고 다닌 스님의 지팡이를 빌려
금강산 일만 이천 봉을 두루 밟고 싶어라
몇 푼의 녹봉에 매여 남북 나그네 되었다가
이제 와서 금성[1]의 종소리를 듣고 있다오

借師雲壑一枝笻。　　擬遍金剛萬二峯。
寸稟人縻客南北、　　祇今來聽禁城鐘。

그대는 세상 이야기를 구하는데
나는 구름 너머 산을 생각하네
어리석은 이 몸의 뜻을 가지고
노스님의 한가로움을 빌리고 싶어라

爾索世間語、　　我思雲外山。
願得癡漢意、　　借與老僧閑。

■
1) 왕궁을 가리킨다.

## 천연 스님에게

## 贈天演

낙엽 지는 차가운 산에 스님이 문을 닫는데
먼지 묻은 발길이 골짜기 구름을 깨뜨리네
등불 걸고 하룻밤 지내다 나 혼자 돌아가니
뒷날 달 밝은 밤이면 길이 그대를 그리워하겠지

木落寒山僧掩門、　塵蹤來破小溪雲。
懸燈一宿獨歸去、　後夜月明長憶君。

## 규선 스님에게
### 贈珪禪

대지팡이 하나에다 장삼 일곱 근
백운사 속에서 그대 만나 즐거워라
산 이름 역시 한가로우니
어느 곳 청산인들 백운이 없으랴

筇杖一枝衫七斤。　白雲寺裏喜逢君。
山名亦是閑言語、　何處靑山無白雲。

# 정암 방백을 따라 북도를 순찰하다가 길주를 지나다

## 隨正庵方伯北巡過吉州

미치광이 아이가 이 땅에 더러운 이름 남겼다기에[1]
길주성 밖에서 한참 머뭇거렸네
온순하게 타일러도 제압하기가 어려웠는데
흉악한 방식을 일삼았으니 무슨 일을 이루랴
도통사에 임명된 종친이 철부지인데다[2]
막부의 인물들도 비장[3]에 지나지 않았네
청해에서 싸우다 죽는 건 하늘의 뜻이라지만
의기도 없고 지모도 없는데 죽음 또한 더디었네

■

* 정암은 당시 함경도 관찰사였던 박민헌(朴民獻, 1516-1586)의 호이다. 백호가 고산도 찰방이나 북도평사로 있던 시절에 지었던 듯하다.

1) 회령부사를 지냈던 호족 토반 이시애(李施愛)가 1467년 길주에서 반란을 일으켰다.

2) 조정에서 구성군(龜城君) 이준(李浚, 1441-1479)을 사도병마도총사로 임명해 파견하였다. 이준은 당시 27세였는데, 초반에 많은 실수를 저질렀다. 난이 평정된 뒤에 적개공신 1등에 훈봉되고, 이듬해에는 28세 어린 나이로 영의정에 올랐으며, 그 이듬해인 1469년에는 남이장군의 옥사를 다스려 익대공신 2등에 훈봉되었다. 그러나 1470년 정월에 나이 어린 성종을 몰아내고 스스로 왕이 되려 한다는 탄핵을 받고 삭탈관직되어 경상도 영해로 귀양갔다가, 유배지에서 10년 뒤에 죽었다. 시호는 충무(忠武)이다.

3) 원문의 편비는 편장(偏將)과 비장(裨將)이다. 평시에 지방 수령이나 보좌할 정도의 인물이지, 반란을 진압할 장군은 아니라는 뜻이다.

聞說狂童此遺臭、　吉州城外久躕踟。
若令言順猶難制、　徒事行兇豈有爲。
閫寄宗英尙幼稚、　幕賓才量盡偏裨。
戰亡靑海雖天意、　無義無謀死亦遲。

# 소치의 기생 풍류

이름난 기생 스물넷을 골라서 모았다는데
소치의 이야기는 이 가운데 하나도 없구나
사람 살며 하는 일이 모두 거짓이라는데
곳곳마다 풍류소리가 소치를 달래네

揀得名花二十四、　　笑癡之物一無之。
人間萬事皆虛僞、　　處處風流說笑癡。

■

* 임자순이 스스로 호를 소치(笑癡)라고 하였다. 작은형님(허봉)이 일찍이 북쪽 지방 기생들의 이야기를 모아서 책을 만들었는데, 화치(和癡)의 고사를 본받아서 모두 24령(令)으로 하였다. 자순이 이에 칠언시를 지었다. (위의 시) -허균《학산초담》

# 백성들의 세금을 면제해준 청련에게

난초가 서릿바람에 꺾이고 구슬이 먼지 속에 버려졌으니
한때의 그 맑은 덕이 벼슬아치들을 감동케 했네
가련하구나 영북을 다스렸지만 끝내 잇기 어려웠으니
상공께선 백성을 고치려 했지만 오히려 병들게 했다오

蕙折霜風玉委塵。　一時淸德動簪紳。
可憐貊道終難繼、　相國醫民是病民。

■

* 청련(靑蓮) 이후백(李後白)이 일찍이 영북지방을 다스렸다. 오래도록 내려온 폐단을 없애려고 군현(郡縣)에서 세금 거둬들이던 것을 면제하여 거의 없애 주었더니, 재정이 넉넉하던 고을들이 곧 가난하게 되었다. 그러자 백호 임제가 이 시를 지어서 그를 풍자하는 한편, 동정해 주었다. -리가원《옥류산장시화》
이 시화는 차천로(車天輅)의《오산설림(五山說林)》에 실린 기록을《옥류산장시화》에서 다시 인용한 것이다.

# 나라 기일에 풍류를 즐기다니

## 靈山

낙동강 위에다 신선의 배를 띄우고
피리 불고 노래하는 소리가 바람 타고 멀리까지 들리네
길 가던 나그네가 수레 멈추고 언짢게 듣는데
창오산 산빛은 저녁노을에 물드네

洛東江上仙舟泛、　　吹笛歌聲落遠風。
行客停驂聞不樂、　　蒼梧山色暮雲中。

■

* 이 시는 백호가 나라의 기일인데도 배를 띄우고서 놀아대는 영남 방백을 비웃으며 지은 것인데, 〈영산(靈山)〉이라고 제목을 붙였다. 우리 나라 속악(俗樂)에서 타령의 첫머리를 〈영산〉이라고 하는 것에서 따다가 〈영산〉이라고 제목을 붙인 것이다. -리가원《옥류산장시화》

# 화전놀이

시냇가에서 솥뚜껑을 돌로 괴어 놓고
흰 가루 맑은 기름으로 두견화를 부치네
젓가락으로 집어 먹으니 향기가 입안에 가득해
일년 봄소식이 뱃속에 전해지네

■

* 백호 임제는 나주 사람인데, 문장을 잘하고 어디에도 얽매이지 않는 호탕한 선비였다. 호남으로 가는 길에 마침 봄이 되어, 길가에서 시골 선비들이 화전놀이를 하고 있었다. 이제 운을 불러 시를 지으려는데, 백호가 패랭이를 쓰고 다 떨어진 옷을 입은 채로 곧장 달려나가서 말했다.
"이 나그네가 몹시 굶주렸는데 마침 성대한 모임을 만났으니, 술 마시다 남은 찌끼로라도 목을 적시고 싶습니다. 여러 선비들께서 고생해 가며 시를 읊고 계신데, 생각하신 것을 어떻게 하는건지 모르겠습니다."
선비들이 말했다.
"우리는 지금 풍월을 읊고 있는데, 네가 어찌 당돌하게 나서서 우리의 아름다운 생각을 어지럽게 하느냐?"
백호가 말했다.
"풍월이라고 하는 게 무엇을 말합니까?"
"풍월이란 사물을 보고서 흥을 일으키고, 경치를 보는데로 그려내는 것이다. 너도 또한 문자를 아느냐?"
백호가 말했다.
"제가 어찌 문자를 알겠습니까? 우리말로 부를 테니, 선비들께서 문자로 고쳐 주십시오."
(백호가) 부르는 대로 받아써서, 곧 절구 한 수가 이뤄졌다. 그 시는 이렇다. (위에 있음)
여러 선비들이 서로 돌아보면서 이상하게 여기더니, (백호의) 이름을 물어 보았다. 백호가

鼎冠撐石小溪邊。　白粉淸油煮杜鵑。
雙箸挾來香滿口、　一年春信腹中傳。

■

"나는 임제요."

라고 하자, 여러 선비들이 크게 놀라면서 윗자리로 맞아들였다. -홍만종《순오지(旬五志)》상

《약파만록》에도 임제의 이름으로 실린 이 시는 뒷날 김삿갓의 시로도 알려졌다. 그러나 김삿갓은《순오지》가 지어진 뒤의 인물이므로, 김삿갓의 창작시가 아닌 것은 분명하다. 백호의 시가 문집에 실리지 않은 채로 민간에 떠돌다 김삿갓의 이름으로 다시 전해졌는지, 아니면 백호도 김삿갓도 아닌 다른 사람의 시인지는 확실치 않지만, 백호도 김삿갓처럼 시골 선비나 시인들 사이에 전설적인 인물로 전해진 것만은 확실하다. 민간 전설에 백호의 이름으로 삽입된 시들이 더 있지만, 과연 백호의 창작인지 확실치 않아 소개하지는 않는다.

# 原詩題目 찾아보기

옮긴이 **허경진**은 연세대학교 국어국문학과를 졸업하고,
같은 대학원에서 문학박사 학위를 받았다. 목원대학교 국어교육과 교수와
열상고전연구회 회장을 거쳐, 연세대학교 국문과 교수를 역임했다.
《한국의 한시》 총서 외 주요저서로는 《조선위항문학사》, 《허균 평전》,
《허균 시 연구》, 《대전지역 누정문학연구》,
《성호학파의 좌장 소남 윤동규》 등이 있고,
옮긴 책으로는 《연암 박지원 소설집》, 《매천야록》,
《서유견문》, 《삼국유사》, 《택리지》, 《허난설헌 시집》,
《주해 천자문》, 《정일당 강지덕 시집》 등 다수가 있다.

韓國의 漢詩 28

白湖 林悌 詩選

초　　판 1쇄 발행일 1997년 10월 15일
초　　판 2쇄 발행일 2002년 11월 5일
개 정 판 1쇄 발행일 2024년 3월 29일

옮 긴 이 허경진
만 든 이 이정옥
만 든 곳 평민사
서울시 은평구 수색로 340 〈202호〉
전화 : 02) 375-8571
팩스 : 02) 375-8573
http://blog.naver.com/pyung1976
이메일 pyung1976@naver.com
등록번호 25100-2015-000102호
ISBN 978-89-7115-134-1 04810
978-89-7115-476-2 (set)
정　가 15,000원